von Würzburg Konrad, Richard Henczynski

Das Leben des heiligen Alexis

von Würzburg Konrad, Richard Henczynski

Das Leben des heiligen Alexis

ISBN/EAN: 9783743620957

Hergestellt in Europa, USA, Kanada, Australien, Japan

Cover: Foto ©Raphael Reischuk / pixelio.de

Manufactured and distributed by brebook publishing software
(www.brebook.com)

von Würzburg Konrad, Richard Henczynski

Das Leben des heiligen Alexis

Das Leben des heiligen Alexius

von

Konrad von Würzburg.

Von

Richard Henczynski

aus Konstanz i. B.

Sonderabdruck aus Acta Germanica VI, 1.

Berlin.
Mayer & Müller.
1898.

Druck von A. Hopfer in Burg b. M.

Meinem Gönner

Herrn Geheimrat Dr. Remacly

in dankbarer Verehrung

zugeeignet.

Vorwort.

Die folgende Arbeit, deren beide erste Teile zugleich als Strassburger Dissertation erschienen sind, verdankt ihre Entstehung der Güte des Herrn Prof. Martin, der mir eine von ihm gefundene wertvolle Handschrift freundlichst überliess. Durch ihn, sowie durch Herrn Prof. Henning und Herrn Dr. Joseph wurde mir bei der Ausführung der Arbeit die mannigfachste Unterstützung zu teil, wofür ich auch an dieser Stelle meinen Dank mir auszusprechen gestatte. Nicht unerwähnt darf ich das freundliche Entgegenkommen lassen, welches ich bei der Benutzung der Handschriften fand. Besonders halte ich es für meine Pflicht, die liebenswürdige Aufnahme durch Herrn Pater Beichtiger Wissmann in Sarnen dankbar zu erwähnen.

Strassburg, im Juli 1898.

I. Einleitung.

Das Gedicht des Konrad von Würzburg über das Leben des heiligen Alexius wurde zum ersten Male 1782 von J. J. Oberlin in seiner Diatribe de Conrado Herbipolita vulgo meister Kuonze von Würzburg Saeculi XIII Phonasco Germanico § V 1 teilweise veröffentlicht und zwar auf S. 33—35 V. 1—176 unseres Gedichtes, auf S. 10, 11 V. 376—383, V. 1084—1087, V. 1388—1412. [1] Auch in dem von ihm vollendeten und herausgegebenen Werke: Joh. Georgii Scherzii, Glossarium germanicum medii aevi potissimum dialecti Suevicae, Argentorati 1781—84 druckte Oberlin eine Reihe von Versen und Wörtern ab. Ihm stand eine Handschrift zur Verfügung, welche Eigentum der in Strassburg befindlichen Johanniterbibliothek war, die aber in den Stürmen der französischen Revolution verloren ging.

Eine vollständige Ausgabe mit ausführlicher Einleitung und Varianten veranstaltete H. F. Massmann in seinem Werke: Sanct Alexius Leben in acht gereimten mittelhochdeutschen Behandlungen nebst geschichtlicher Einleitung, sowie deutschen, griechischen und lateinischen Anhängen. Quedlinburg und Leipzig, 1843. Der Text, sowie der kritische Apparat sind mit Vorsicht zu gebrauchen, da ersterer an grammatischen Fehlern und unhaltbaren Konjekturen reich ist, letzterer bisweilen Falsches enthält. Massmann konnte ausser den durch Oberlin erhaltenen Stellen der Strassburger Handschrift noch eine Innsbrucker Handschrift benutzen.

---

[1] Schon Wolff in seiner Ausgabe der Halbe Bir LXXXV Anm. macht darauf aufmerksam, dass eine Anzahl unvollständiger Exemplare dieser Diatr. verbreitet sind, welche mit S. 32 schliessen.

Auf Grund desselben Quellenmaterials, doch ohne die Innsbrucker Handschrift vor Augen zu haben, bot dann schliesslich 1843 Haupt in seiner Zeitschrift Bd. 3, S. 534—576 eine sorgfältige kritische Ausgabe, der in Bd. 4, S. 400 einige Verbesserungen durch ihn und Lachmann folgten.

Seitdem sind zwei neue Handschriften gefunden worden. Die eine ist Eigentum des Frauenklosters St. Andreas zu Sarnen in der Schweiz. Ihre Varianten vom Haupt'schen Text veröffentlichte auf Grund der Angaben des Alois Lütolf, damaligen Kuratpriesters in Luzern, Pfeiffer in seiner Germania XII 41—48.

Den wertvollsten Fund aber bedeutet die von Martin in der Zeitschrift für deutsches Altertum XL S. 220 ff. angezeigte Abschrift der alten Strassburger Handschrift.

Betrachten wir nunmehr das uns vorliegende Quellenmaterial und beginnen wir mit der wichtigsten Handschrift, der zuletzt gefundenen, die wir im folgenden A nennen wollen.

A

stammt aus dem Nachlasse des vor kurzem in Paris verstorbenen Architekten Émile Reiber und gehört gegenwärtig der Strassburger Stadtbibliothek an unter der Nummer 835 und dem Titel: „Gedicht von dem Spittale von Jerusalem". Sie ist auf Papier in Quart von einer Hand des vorigen Jahrhunderts geschrieben. Ihr Inhalt ist folgender:

1. f. 2. Von dem Spittale von Jerusalem daz houbt ist der bruoder Johansens Ordens — Aus der Johanniter Bibliothek A 100, 101—112.
2. f. 29—53 b (zur Hälfte). Alexius.
3. f. 53 b—54 a (zur Hälfte). Von schaden tegelicher sünden.
4. f. 55—120. Gregorius in dem steine.

Davon ist das 1. Stück in einer vorjährigen Strassburger Dissertation von A. Küster publiziert worden. Das 3. Stück bietet nur einige Prosazeilen und das letzte enthält einen Text des Hartmann'schen Gregorius in verhältnismässig guter Schreibung, aber mit weniger ursprünglichen Lesarten.

Schon äusserlich erhält man den Eindruck, dass A von einem durchaus gewissenhaften und sorgfältigen Schreiber herrühre. Die Schrift ist völlig gleichmässig und vor allem äusserst deutlich; ein Buchstabe, der etwa Zweifel erregen könnte, ist durchstrichen und in klarer Schrift darüber wiederholt. Im einzelnen die Zuverlässigkeit der Abschrift wenigstens teilweise prüfen zu können, ermöglichen uns die von Oberlin aus der alten Handschrift aufgezeichneten Stellen.

Ein Vergleich ergab ein für Oberlin und A durchaus günstiges Resultat. Es finden sich nämlich nur folgende Unterschiede:

In A: Auslassung eines auslautenden n in *lebe* 18, *erde* 149, was eine alemannische Eigentümlichkeit ist, die Oberlin vielleicht getilgt hat.

Auslassung eines m in *vngelipf* 769.

eines r in *ewelter* 143.

etzwas statt *etzwer* 31, wobei aber kein unbedingt sicherer Entscheid zwischen Oberlin und A zu treffen ist.

Für *mahte* bei Oberlin hat A 975 *mohte*, für *herter* 1026 *harter*.

Alles andere sind nur unwesentliche Unterschiede in der Schreibart. So hat Oberlin *v*, wo sich in A *u* findet: *wunder* 54, *getruwes* 69, *kunst* 134, *genuht* 156, aber ebenso häufig das Umgekehrte: *hvs* 548, *svs* 547, *vngelimpf* 693, *drvz* 975. *vi* bei Oberlin ist in A stets durch *v* oder *ü* wiedergegeben, *f* durch *v*, *ui* durch *u*: *tusz* 20, *gespulet* 1217, *ui* durch *ve*: *gespvelten* 688, *ve* durch *v*: *getvsche* 226, *ir* oder *iu* durch *v*: *trvren* 376, *dv* 378, *zu* durch *zuo* 1399, *vnd* stets durch *vnn*, *i* durch *ie*: *liebeste* 80, *begiengen* 692, *ie* durch *i*: *vrisel* 392.

Das *s* in *das*, *swas*, *was* ist in A stets *z*. Zu *das* bemerkt Oberlin, dass es in der Hdsch. gewöhnlich zu *dc* abgekürzt ist. 693 hat O *grossen* A *grozen*. In *sit* 2 und *kint* 692 hat O *d*, in *underbint* 364 *t*. Statt *m* hat O doppeltes *m himmel* 842. Für *geaht* bei Oberlin hat A *gedacht* 1400. *davon* 16, 42, *darin* 1087, *iedoch* 100, *alhie* 140 schreibt Oberlin getrennt.

Andererseits finden sich bei Oberlin einige leichte Versehen: *als* statt *Dis* 157, *tugenden* statt *tugende* 158, *bejaget* statt *bejages* 176 (augenscheinlich ein Druckfehler, da es unter dem Subst. bejac aufgeführt ist), *dvrnehtic* statt *durchnehtic* 242, *in* statt *im* 693, *minen* statt *miner* 974, *wil* statt *vil* 1215, *han* statt *hant* 1388, *hant* statt *han* 1390, *war* statt *wart* 1392.

Die Unterschiede von A und O sind also so geringfügig, dass wir A, wo nicht besondere Gründe vorliegen, unbedenklich als getreue Wiedergabe der verlorenen Handschrift ansehen können.

Die Vorlage von A

ist eine elsässische Handschrift aus dem Anfang des 14. Jh. [1] Das zeigen die vom gewöhnlichen Mittelhochdeutsch abweichenden Schreib- und Sprachformen.

I. im Konsonantismus.

1. *ph* und *pf* wird in gleicher Bedeutung für denselben harten Reibelaut gebraucht (Weinhold, Alemannische Grammatik § 157). 769 *ungeli(m)pf*, 770 *schimpf*, 693 *vngelimpf*, 694 *schimph*.

2. Doppeltes inlautendes *m* für einfaches *m*, zum grossen Teil nur nach Kürzen l. c. § 167 (1321 *namen*): 1322 *lammen*.

3. Schwanken zwischen auslautendem *m* und *n*, an dem vorzugsweise das Alemanische beteiligt ist, Mhd. Gr.[2] § 216. 193 *gadem*. — 714 *dem* statt *den* und 664 *den* statt *dem* werden Schreibfehler sein.

4. Die im alem. beliebte Doppelung von *t* nach Kürzen. Das Nichtvorkommen solcher Doppelung nach Längen beweist, dass die Handschrift vor dem 15. Jh. entstanden sein muss. l. c. § 172.

---

[1] cfr. A. Küster, Von dem Spitâle von Jêrusalêm, Strassburg. Dissertation 1897.

Wir finden Reime wie *treten* : *betten*, bald *gotte* : *gebotte*, bald *gotes* : *gebotes*, bald *vatter*, bald *vater* u. s. w. 86 ist das eine *t* in *gottes* durchstrichen.

5. Abfall eines auslautenden *t*, wenn dasselbe einem anderen Konsonanten verbunden ist. 615 *teilhaf* : 616 *erbeschaf*. l. c. § 177.

6. Antritt von unechtem *t*, besonders an die Plural-flexionen des Zeitwortes. l. c. § 178.

7. Die namentlich im Elsässischen durchgeführten Erweichungen von *t* zu *d*. § 179. 303 *deil*, 1371 *drungen*.

8. Das auslautende *d*, das im 14. und 15. Jh. für *t* stark durchbricht. § 183.

9. Die Schreibung *dc* für *daz*. § 188.

10. Die alemannische Neigung des *r* in *l* überzugehen, sowohl in- wie auslautend. § 194. 452 *kilche*, 651, 925, 1238 *martellichen*, 1037 *martelliche*, 1171 *uzzelwelle*, 1241 *purpul*.

11. Der Ausfall des *r* in *werlt*. § 197. 1043 *welte* und Abfall des *r* oder Tonloswerden desselben am Wortende in der Bildung und Biegung -*er*, 1136 *darunde*.

12. Die Einschiebung von *n*, eine Nasalierung, welche die Schreiber des 14. Jh. genauer andeuten. § 201. 411, 669, 747 *wêninc* und Verbalflexionen.

13. Die im Alem. beliebte Ausstossung von auslautendem *n*, bes. in einsilbigen Worten und im Infinitiv. § 202. 307 *de*, 86 *wâre*, 354 *linde*, 375 *rehte*, 535 *guote*, 930 *reine*, 988 *müeze*, 1091 *unmaze*, 1295 *herze*, 1308 *gienge*.

14. Ausstoss von inlautendem *n*. § 200. 848 *offelichen*, 881 *giegen*.

15. *nn* statt *n*. § 204. 1116 *svnn*.

16. Der Abfall der auslautenden Tenuis *c*. § 210. 1311 *mani*, 520 *enpfien*, besonders am ersten Teil von Zusammensetzungen. 280 *riuwelichen*.

17. Auslautendes *g* statt *c*, das sich besonders in elsässischen Schriften des 14. Jh. findet. § 213. 633 *pflig*, 743 *bvg* : 744 *gezvg*, 908 *manicvaltig*, 950 *dvrhluchtig*.

18. *g* als Bildungskonsonant an Stelle von *j*, was aller-
    dings bloss graphische Bedeutung hat. § 215. 215
    glvegende, 216 *blvegende*, 891 *Honorge*.
19. Abfall von auslautendem *ch* am ersten Teil von Zu-
    sammensetzungen. § 226. 752 *buostaben*.
20. *h* als blosses Trennungszeichen zwischen Vokalen.
    § 232. 1210 *spiheten*.
21. Verfeinerung von *ch* zu *h*. § 235. 33 *durhnechtecliche*,
    46 *durh*, 178 *hohgezit*, 1356 *gewahet*.
22. Auch Spuren des erst in der 2. Hälfte des 14. Jh.
    herrschend werdenden *ch* für *h* in Verbindungen,
    namentlich mit *t*. 147 *angesicht*, 1098 *mochte*.
23. Die im Alem. ungemein beliebte nasalierte Form *-ent*.
    Da diese im 15. Jh. schon *-int* lautete, haben wir
    einen weiteren Beweis für die frühe Entstehungszeit
    unserer Handschrift. § 342.
24. Unechter Endvokal in der 2. sg. imp. starker Zeit-
    wörter. § 349. 110 *laze*.
25. Indem A stets *swer*, *swaz*, *swen* schreibt, zeigt es,
    dass es im Anfang des 14. Jh. entstanden ist.
    Weinh. Mhd. Gr. § 496.

II. im Vokalismus.

1. Das Sträuben der alemannischen Mundart gegen den
   Umlaut. § 10. 349 *clagenlichen*.
2. *œ* als Bezeichnung des Brechungs *ë*. 1200 *mœrkent*.
3. *e* für *ü*. § 17. 711, 874 *verwar*.
4. Ausstossung und Abwerfung von *e*. § 18. 410 *wins*,
   81 *zit*, 82 *milteclich*, 611 *alleweg*, 1236 *schoen*.
5. Unterdrückung des *e* in *be-*. § 18. 51, 181 *bleip*,
   239, 249, 525 *bliben* und häufige Elision bei *ge-*, 1112
   gliche.
6. Das durch die offene Aussprache von *ü* entstehende
   unechte *i*. § 22. § 115. 906 *wirde*, 1060 *wirdest*,
   1063 *antwirte*.

Tausch zwischen *i* und *u* (unechter Umlaut).   296, 904 *wirden*, 1346 *wirde*.

7. Der irrationale Laut *i* in Vor-, Bildungs- und Biegungs- silben. § 23. § 115. 1207 *swerin*, 1246 *owi*, 912, 1373 *bisunder*, 1320 *irloeset*.

8. Die bes. im Elässischen starke Neigung *o* für *a* zu setzen. § 25. § 116. 375, 865 *worheit*, 438 *noch*, 1029 *hore*, stets *do*.

9. *o* für *e*. § 26. 25 *vromde*.

10. *ö* für *e*. § 117. 479 *froemede*.

11. Der Umlaut des *o*, *ö* dringt in der Schreibung nur sehr allmählich durch. § 27. 167 *schone* : 168 *crone*, 256, 837, 1034 *schonen*.

12. Das irrationale *u* in Suffixen. § 30. 377 *turtultube*.

13. Die sehr mannigfachen Schriftzeichen für das um- gelautete *u*. § 31.

14. *e* für *ei*. § 36. 238 *beden*, 270, 636 *en*.

15. *y* für langes und kurzes *i*. § 40. 577 *massenye*, 1326 *sy*.

16. *ô* statt *uo*, das nach dem 14. Jh. nicht mehr vorkommt. § 41. 270 *stont*.

17. Verengung von *ou* zu *ô*, die sich im Alem. am um- fänglichsten vollzieht. § 42. 437, 625, 985 *schowen*, 438 *vrowen*, 1074 *gehowen*, 1108 *vrowe*.

18. *ie* für *i*. § 63. 756 *bie*, 84 *drie*.

19. *oi* seit dem 14. Jh. neben *ô*, *oi*, *oei* beliebt. § 69.

20. *i* für *ie*. § 90 u. § 40 b. 27 *entslizen*.

21. *a* für *o*. § 112. 1069 *erlast*.

Der unbestimmte Vokal der Endungen durch *a* bezeichnet. § 112. 793 *obenan*.

22. *e* für *a*. § 114. 110 *der umbe*.

23. Unechtes *u* für *o*. § 118. 1358 *wuche*.

24. *w* und *uu* für *wu* hat wohl nur graphische Bedeutung. § 163. 142 *wnsch*, 166 *wnsche*, 490 *wnnebere*, 575 *wnnenclichen*, 920, 1374 *wnder*. Ebenso wohl auch *wr* für *wür*. 526 *wrde*, 1370 *wrze*.

25. Seit dem 14. Jh. verschwindet die gedehnte Form —
cre. § 255. 1 *schepfer*, 468, 497 *glockener*, 888 *burgern*.

26. Im Conj. ist das nicht umgelautete *mohte* alemannisch
noch sehr häufig. § 378. 140 *mohte*.

27. Sg. Nom. Fem. *die* statt *diu*. § 418.

28. *stênt* Nebenform für *stânt*. § 332. 1110.

Wenn auch bei einem grossen Teile der aufgeführten
alemannischen Eigentümlichkeiten nicht sicher zu erkennen ist,
ob sie nicht dem in Basel schreibenden K. eigentümlich sind,
von dem feststeht, dass er dialektische Formen nicht unbedingt
vermieden hat, so können doch einige mit Bestimmtheit dem
Schreiber zugewiesen werden. So *gadem* statt *gaden*, cfr. Anm.
zu 193, *sagenne* statt *sagende*, da es auf *tragende* reimt, *Honorge*
statt *Honorje*, da es auf *historje* reimt, *bleip* statt *beleiben*, cfr.
Anm. zu 51, *gliche* statt *geliche*, cfr. Haupt zu Eng. 209, *hore*
statt *hare*, da es mit *clare* reimt, *vrom* statt *rrum*, da es auf
Alexium reimt.

Zur völligen Charakterisierung von A mögen noch die
Abweichungen und Eigentümlichkeiten folgen, welche keinen
speziell alemannischen Charakter an sich tragen oder als
Schreibfehler anzusehen sind. 124 *vowen* statt *rromen*, 769
ungelipf statt *ungelimpf*, 401 *swærer* statt *swæren*, 552 *werder*
statt *werden*, 584 *hoher* statt *hohen* und vielleicht 117 *innec-
licher* statt *inneclichen*, 257 *Laudantia* statt *Laudatia*.

s für *d* in *vrisel* und *segen*.

Der *f* Laut nur einige Male vor *r* und *v* und in *fin* mit
f bezeichnet, sonst stets durch *v*.

Ein scharfer Unterschied zwischen *z* und *s* ist nicht ge-
zogen. Denn obwohl die 3. p. Sg. praet. vom Hülfszeitwort
stets *waz* geschrieben ist, steht *was* im Reime mit *palas* 80,
das doch seinerseits ebenfalls an anderer Stelle *palaz* ge-
schrieben ist. Mit Ausnahme von 57 steht für *ze* stets die
volle Form *zuo*.

Wenn sich 938 *sein* statt *sîn* findet, so dürfte dies dem
letzten Schreiber zufallen, da die Diphthonguierung dem Elsässi-
schen fremd ist. Weinh. Alem. Gr. § 131.

Alle sonstigen Einzelheiten werden sich in den Varianten angemerkt finden.

J.

Die Innsbrucker Handschrift wurde zuerst erwähnt in Mone's Anzeiger Bd. 8 (1839) S. 217. Sie gehört gegenwärtig dem Ferdinandeum in Innsbruck unter dem Bibliothekszeichen 16. 0. 2 an. Sie ist in folio, in zwei starken Holzdeckeln gebunden, Papier, und enthält auf der Innenseite des ersten Deckels die Aufschrift: Buch der Togni 1425 (= Apokalypse). Sie ist in 2 Spalten geschrieben, die Verse sind nicht abgesetzt; doch die Anfangsbuchstaben der Verse sind in grossen Lettern und rot durchstrichen. Dies ist aber sehr unregelmässig und häufig ganz verkehrt geschehen. Bisweilen z. B. sind die ersten Buchstaben in der Zeile rot durchstrichen, ohne dass der Vers mit der Zeile beginnt. Es kommt sogar vor, dass ein mitten im Wort stehender Buchstabe rot durchstrichen wird, wenn er die Zeile beginnt. Absätze sind nicht gemacht. Die Handschrift enthält 238 Blätter; auf S. 228—238 steht der Alexius. Er ist augenscheinlich später angeheftet, aber, so weit ich sehen konnte, von derselben Hand geschrieben, wie das übrige.

Den übrigen Inhalt der Handschrift gebe ich nach den Ueberschriften an:

1. Buch der Togni. 48 c Von der Würde des heiligen Sakramentes. 50 a Von der Entstehung des edlen Sakramentes. 51 d Warum sich Gott selbst opferte. 54 b Von den Zeichen und Wundern des Sakramentes. 55 c Von der Kraft des heiligen Blutes Jesu Christi. 58 a Von der Vorbereitung zum heiligen Abendmahl. 60 c Wie und wann du das heilige Sakrament empfangen sollst. 64 d Von dem Nutzen des Sakramentes. 66 a Hier fängt eine andere Materie an von dem Sakrament, die der elfte Alte nicht in seiner Lehre einbegriffen hat und erzählt von den 6 Namen, die das Sakrament hat. 83 d Hier beginnt wieder die Lehre der 24 Alten. Der 12. lehrt von unser Frauen Leben. — Diese Ueberschrift

bricht am Ende einer Seite plötzlich ab, so dass ein oder mehrere Blätter zu fehlen scheinen. — 85 c Von Maria Geburt und ihrem Namen. 88 b Von Maria heiligem Leben im Tempel. 91 c Die 7 Gebete unserer lieben Frauen. 92 b Von Maria Vermählung und ihrer Empfängnis. 98 c Vom Mitleid unsrer Frau mit ihrem Sohn. 102 c Von ihrer Freude über die Auferstehung. 104 d Von ihrem heiligen Leben nach ihres Sohnes Himmelfahrt. 115 b—116 d Was die 24 Alten lehren und ihre Aussprüche. 226 a b führt er die Lehrer und Meister an, welche ihm bei diesem Werk behülflich waren. Es folgen dann persönliche Bemerkungen über die anstrengende Arbeit.

Die ganze Handschrift schliesst mit folgenden Sätzen, wobei ich die von Massmann vielfach verlesenen und missverstandenen Abkürzungen gleich auflöse:

finitus est iste liber per me fratrem Johannem ritter ordinis minorum (sc. fratrum) terminarius in Winterthur et conventualis Schaffhusiensis anno domini MCCCCXXV feria quarta ante oculi etc.

Et mementote mei pure propter deum Amen etc.

Die Handschrift ist also beschlossen worden am 7. März 1425.

Der gütigen Vermittelung des Herrn Direktor der Strassburger Universitäts- und Landesbibliothek Geheimrat Barack verdanke ich es, dass mir die Benutzung der Handschrift zu Strassburg möglich war.

Einer ausführlichen Darlegung der Eigentümlichkeiten dieser Handschrift bedarf es nicht, da Abfassungszeit und Ort bekannt sind. Ich gebe daher im folgenden nur kurz die Haupterscheinungen an, da ich den Variantenapparat nicht ungebührlich vergrössern wollte.

Es findet sich statt *e* ö, ä, statt *ei* ai, statt *uo* ü, statt *ou* ö, statt *iu* ü. Auslautendes *e* ist abgefallen oder ist, wie es scheint, bei *g* durch einen verlängernden Strich bezeichnet. Für *f* steht *ff*, für *t* *tt*, für auslautendes *c* g, für *p* b und das umgekehrte, für *t* d, für *z* ss, cz und *s*, für *s* sch, für *h* ch und das umgekehrte, für *r* l. Auch Metathesis des *r* kommt vor. *n* bez. *m* ist in *en, em, on, an, un* durch einen Strich über dem Vokal bezeichnet, in *en* bisweilen *e* durch dasselbe Zeichen über *n*. Für *-er* wird die Abkürzung) gebraucht. Es findet sich ferner für *daz dz*, für *was wz*, für *nû nvn*, für *swer wer*, für *wâren warond*, für *si sig*, für *niht nüt*, für *hæten hettint*, für *manic menger*, für auslautendes *-et -ot*, für *kiusch künsch*, für *siufzen sünfzen*.

S.

Die Sarner Handschrift, welche ich dank der Empfehlung des Herrn Geheimrat Barack und der Liebenswürdigkeit des Herrn Pater Beichtiger Wissmann an Ort und Stelle einsehen konnte, ist ebenfalls in folio. Auf dem Rücken des Einbandes trägt sie die Zahl 240, auf dem oberen Deckel die Aufschrift Sarner Msc. No. 2. Auf der Innenseite des ersten Deckels finden sich folgende Angaben: „Eigentum des löbl. Frauenklosters St. Andreas in Sarnen, bis 1615 in Engelberg. 273 Blätter, ferner 3 unfoliierte Blätter am Ende: Bruchstück aus der Pilatuslegende. Auf dem hinteren Deckel aufgeklebt: Do har nach geschriben ist von dem fûsdritten die cristus dett in sinem liden von eim zum andrĕ. 17. j. 1888 P. B. G." Letztere Buchstaben bedeuten Pater Beichtiger Gotthold.

Augenblicklich befindet sich S mit allen übrigen handschriftlichen Schätzen des Frauenklosters der Feuersicherheit wegen wiederum in Engelberg.

Die Handschrift rührt nach den Angaben des Alois Lütolf, welche Pfeiffer in der Germania XII 41 publiziert hat, von Heinrich Kramer, Lehrmeister in Zürich, her und ist im Jahre 1478 geschrieben worden. Woher diese Mitteilung stammt, habe ich leider nicht ermitteln können. S besteht aus drei, besonders foliierten Teilen, die aber alle von derselben Hand herzurühren scheinen. Der Schreiber hat sich bei der Foliierung mehreremale versehen; die richtigen, durch die ganze Handschrift durchgehenden Zahlen werde ich daher in arabischen Ziffern daneben setzen. Im übrigen ist sie ganz wie J

2

angelegt, spaltenweise, Anfangsbuchstaben gross und rot durchstrichen, Verse nicht abgesetzt.

Sie enthält in der ersten Abteilung LVII (58) — LXII (63) c die Legende von sant Allexius. Ihr sonstiger Inhalt ist folgender: I Heilige drei Könige. XV c Bedeutung der Messe. XVIII b dasselbe von einem Stück zum andern. XXI c Leben der zwölf Apostel und Johannes des Täufers. XLVII (49) c Maria Magdalena. LIIII (55) a Sant Martha. LV (56) d Marina. LVII (58) c Allexius. LXII (63) c Sant Katrina. LXVI (67) b Sant Barbara. LXVII (68) b Sant Ottilia. LXVII (69) d Sant Josen. LXXII (73) a Sant Cristoffel. LXXIIII (75) a Sant Fridlinus. LXXVIIII (79) b Sant Steffen. LXXVIIII (79) d Von Weihnachten. LXXXI (81) Episteln und Evangelien.

Die beiden übrigen Teile enthalten ebenfalls noch zahlreiche Heiligengeschichten.

Eine ausführliche Auseinandersetzung der Sprache und Schrift von S ist noch weniger nötig, wie bei J, da der Charakter unserer Handschrift genügend aus den umfangreichen Einschüben, die ich wörtlich übernommen habe, zu erkennen sein wird.

Ich führe daher nur einige Hauptpunkte an: Auslautendes *e* fehlt z. B. *rom, wird, gebott, pfleg, weg* u. s. w.

Ausstoss eines inlautenden *e* z. B. *megde, kemnate, sender, geclagt, lepte* u. s. w.

Statt *e* erscheint *ŏ* z. B. *mŏntsch, frŏmde*, statt *i* 1. *y* z. B. *by, yemer, keyser*. 2. *ie* z. B. *wierŏch*, statt *uo* *ŭ* z. B. *richtŭm, mŭt, trŭg*, statt *iu* *ŭ* z. B. *lŭtten*, statt *ou* *ŏ* z. B. *ŏch, frŏwen*, statt *eu* *ŏ* z. B. *frŏd, erfrŏwet*. Es findet sich stets *ei*, nicht *ai*, wie bei J.

Was den Konsonantismus betrifft, so wird *z* wiedergegeben durch *s* z. B. *reines, gros* und *tz* z. B. *hertze, gantze* und *ss* z. B. *flisse, geheissē*. Für *s* findet sich *sch* z. B. *schwach, beschwerde, schlag*, für *sch* *tsch* z. B. *mŏntsch*, für *t* *tt* z. B. *gott, nott*, für *t* *d* z. B. *dische, kind, sid*, für *d* *t* z. B. *tŭrren*, für *l* *ll* z. B. *pallas, allmŭsen, Allexius*, für *r* *l* z. B. *kilche*, für *b p* z. B. *porten, lepte,* für auslautendes *p b* z. B. *wib, beleib, vertreib,* für *c g* z. B. *trûg, pflag, selig,* für *h ch* z. B. *hochen, gemachel,* für *n nn* z. B. *wann.* Eingeschobenes *n* z. B. *lŏgnen.* Metathesis von *r* z. B. *obrest,* für *r rr* z. B. *erhŏrren. -er* abgekürzt durch ' z. B. *wund', d', schwang'. n* bezeichnet durch einen Strich über dem Vokal z. B. *warē, iarē, mā.* Voller Vokal in den Endungen z. B. *dienot, erdan, schŏni.* Ferner die Formen *ira, iren, inen.* Für *daz dz,* für *was wz.*

Verhältnis der drei Handschriften.

Als höchstwahrscheinlich ist wohl anzunehmen, dass alle drei Handschriften auf eine gemeinsame Vorlage zurückgehen. Das beweisen sowohl die allen drei gemeinsamen Fehler, als auch das wiederholt sich findende völlige Auseinandergehen an denselben Stellen. Ich verweise einerseits auf die Varianten zu 107. 240. 770. 951. 1013., andererseits auf die Lesarten zu 74. 215. 239. 241. 268. 674. 764. 919. 1120.

Dass die verlorene Strassburger Handschrift, wie man leicht geneigt sein könnte anzunehmen, diese gemeinsame Vorlage nicht gewesen ist, ergeben 73. 74., die in ihrer lücken- und fehlerhaften Gestalt durch A und Oberlin gleichmässig überliefert sind. Die weitere Untersuchung nach einer Verwandtschaft zweier Handschriften unter einander ergab ein negatives Resultat. Wohl finden sich zwischen J und S vielfache Uebereinstimmungen in fehlerhaften Stellen. Doch lassen sich diese zum grössten Teil aus dem Umstande erklären, dass beide Handschriften ungefähr zur gleichen Zeit und in derselben Landschaft entstanden sind. Aber auch auf Fehler wie 57. 75. 84. 168. 171. 174. 176. 184. 204. 218. 255. 358. 386. 398. 447. 457. 493. 521. 527. 567. 571. 623. 637. 640. 686. 758. 812. 835. 880. 912. 989. 1064. 1100. 1110. 1202. 1258. 1380. konnten zwei Schreiber unabhängig von einander gelangen. Mit absoluter Bestimmtheit ist hier naturgemäss allerdings nichts zu entscheiden.

Noch weniger darf man aus den Uebereinstimmungen von
A und J (806, 1010, 1357) oder A und S (606, 992, 1210)
irgend welche Schlüsse ziehen.

Wollte jemand aus den J und S gemeinsamen Stellen
auf ein näheres Verhältnis beider Handschriften schliessen,
so könnte man ihn auf die zuletzt angeführten Verse verweisen,
aus denen man mit ebenso gutem Rechte eine Verwandtschaft
von A und J bz. A und S herleiten könnte.

Wir hätten es demnach, wenn unsere Annahmen richtig
sind, mit drei von einander unabhängigen Quellen zu thun.

Der Wert der Handschriften ist ein durchaus ver-
schiedener. Schon a priori kann man annehmen, dass A uns
den besten Text liefert. Es ist, wie gezeigt, die getreue
Wiedergabe einer bald nach der Abfassungszeit des Gedichtes
entstandenen Handschrift. Es gehörte ferner A der Bibliothek
des Johanniterordens an, der auch am Entstehungsorte des
Alexius, in Basel, eine Niederlassung hatte. Die Schreiber
von J und S dagegen haben den Text nicht nur in Sprach-
formen und Ausdrucksweisen ihrer Zeit umgesetzt, sondern
sie haben ihn auch durch willkürliche Auslassungen und
Hinzufügungen entstellt. Davon wird sich ein jeder bei
Durchsicht der Varianten so leicht und schnell überzeugen,
dass mir ein näheres Eingehen darauf und ein Beweis füglich
erspart bleiben kann.

Haupt nennt die Innsbrucker Handschrift eine späte und
sehr schlechte, Pfeiffer sagt von der Sarner, dass sie an Wert
noch unter J stehe.

So versteht es sich denn von selbst, dass ich dem von
Haupt bei seiner Ausgabe befolgten Prinzip treu bleibe, d. h.
dass ich von A nur unter bestimmten Gründen abweiche.

Quellen.

Was die sehr verwickelte Untersuchung nach der Ent-
stehung der Alexiuslegende und der Verwandtschaft der
einzelnen Gedichte untereinander anbelangt, so verweise
ich nur auf die eingehenden Erörterungen von Heinrich

Schneegans, die romanhafte Dichtung der Alexiuslegende in Modern Language Notes No. 5 May, No. 6 June 1888. Max Friedrich Blau, Zur Alexiuslegende, Wien, Diss. 1888. Amiaud, La légende syriaque de s. A. in Ec. des Haut. Et. 79 fasc. 1889. (cfr. Grundriss der rom. Phil. hrsg. v. Gröber, II. Band, 1. Abteilung, S. 443, Anm. 9.)

Für unsern Zweck genügt es festzustellen, dass K als Vorlage die von den Bollandisten aufgenommene Legende benutzt, welche Massmann in seiner Ausgabe unter ß S. 167—171 abdruckt, und zwar folgt ihr unser Dichter so genau, dass man sein Werk eine poetische Uebertragung der lat. Prosa nennen kann. Es gehört somit unser Gedicht derjenigen Gruppe an, welche auf die kirchliche Seite der Sage ihr Hauptgewicht legt. Weitere Ausführung der Gespräche, Uebertragung indirekter Reden in direkte, Ausmalung der Leiden des Alexius, von denen die durch die Knechte im eigenen Hause erlittene Schmach des Heiligen besonderen Eindruck auf K. gemacht zu haben scheint, das sind die Hauptunterschiede unseres mittelhochdeutschen Gedichtes von der durch die Bollandisten in den Acta Sanctorum überlieferten lateinischen Fassung.

In die sog. „bräutliche" Gruppe, in der die Braut die Hauptrolle neben Alexius spielt, führen uns die von S gemachten Zusätze. Diese enthalten nämlich folgendes:

1. nach 114: Gebet der Mutter um ein Kind und Opferung von Kinderfiguren.

2. nach 122: Geburt des Kindes, Taufe, Erziehung durch eine Amme, die selbst sehr geehrt wird, Heranwachsen des Alexius.

3. nach 179: Festzubereitungen, denen Alexius beiwohnt.

4. nach 220: In der Hochzeitsnacht rät Alexius seiner Braut ewige Keuschheit an und giebt ihr Lehren, wie sie sich äusserlich zu betragen habe, warnt sie vor den sieben Hauptsünden und zählt alle zehn Gebote auf, worauf dann von der Braut die nicht unberechtigte Einwendung erfolgt: So ihr ein Prediger sein wollt, hättet ihr mich ruhig meinem Vater und

meiner Mutter lassen sollen. Jedoch unbeirrt redet Alexius
weiter: Wie die Kerze niederbrennt, so müssen auch wir
vergehen. Folgst du aber meinem Rat, so wirst du einst
nicht dem Teufel verfallen, sondern das ewige Leben erlangen.
Diesen überzeugenden Worten verschliesst sich denn auch das
Mädchen nicht. Zum Abschied steckt sie ihm einen Ring an
den Finger.

5. nach 336: ein Gebet, in dem er Vater, Mutter, die
Braut und die ganze Christenheit Gott befiehlt.

6. nach 1290: die Braut findet an dem Leichnam des
Heiligen den von ihr geschenkten Ring. Seine Hand öffnet
sich von selbst und überlässt ihr den Ring.

In welch unglaublich nachlässiger Weise diese Hinzu-
-fügungen gemacht sind, möge nur ein Beispiel zeigen. Es
stehen folgende Sätze unmittelbar hintereinander: Gott er-
freute sie, indem er ihnen ein Kind schenkte. Das war edel
und fein; denn sie hatten es von Gott selbst erbeten. Die
edle Frau ward eines Sohnes schwanger. Darüber wurden
sie sehr froh. Sie erhielten einen schönen Sohn.

Diese zusammenhangslos eingefügten Sätze sollten zu der
Annahme berechtigen, dass sie aus einem andern Gedichte
herübergenommen wären. Doch habe ich in keinem der von
Massmann abgedruckten Gedichte Anklänge an die von S
gegebenen Zusätze finden können. Ob diesen sonst eine
schriftliche Quelle zu Grunde liegt oder ob sie mündlicher
Ueberlieferung zu verdanken sind, konnte ich bei der grossen
Ausbreitung, welche die Sage gefunden hat, nicht feststellen.
Welchen tiefen Eindruck die unserm Geschmack weniger zu-
sagende Erzählung hervorzurufen im Stande war, zeigen uns
Goethe's Briefe aus der Schweiz (Münster, den 11. Nov. 1779),
wo die Legende unseres Heiligen auf Grund eines Buches
von Martin von Cochem verbreitet war.

Auch über die Entstehung einiger Aenderungen der Sage
war mir nicht möglich etwas sicheres festzustellen.

So habe ich in keinem der bei Massmann abgedruckten
Gedichte einen ähnlichen Widerspruch der Braut gegen die

Aufforderungen des Alexius erwähnt gefunden. Ebenso giebt überall Alexius der Braut den Ring, nicht umgekehrt, wie hier bei S.

Entstehungszeit des Gedichtes.

Wenden wir uns der Frage nach der Entstehungszeit des Konradischen Gedichtes zu, so hat hierzu bereits Fr. Pfeiffer, Germ. XII S. 26 die Behauptung ausgesprochen, dass es ohne Zweifel vor den Partonopier fällt und als K.'s frühstes in Basel entstandenes Gedicht zu betrachten ist. Dieses möchte ich durch folgende Erwägungen unterstützen.

Wie die Worte *tumber kneht*, mit denen sich Hartmann im Erec bezeichnet, zur Annahme einer frühen Entstehungszeit dieses Gedichtes geführt haben, berechtigt uns V. 1395 zu demselben Schluss. Der Alexius hat mit keinem andern Gedichte K.'s so viele enge Zusammenstimmungen wie mit dem Partonopier. Ich verweise auf die Anm. zu 18. 58. 64. 107. 124. 138. 148. 151. 161. 168. 176. 178. 198. 203. 255. 297. 351. 395. 477. 479. 580. 605. 752. 805. 858. 1033. 1047. 1110. 1125. 1174. 1238. 1288. Bei einem so wenig umfangreichen Gedicht, wie die Herzmähre, glaube ich, dass auch so wenige Stellen, wie ich sie zu 232. 344. 376. 393. 736. notiert habe, für eine zeitliche Nachbarschaft beweiskräftig sein könnten. Doch könnte entgegen der Ansicht von Pfeiffer, welcher die Herzmähre in die Strassburger Zeit setzt, die Erwähnung der trauernden Turteltaube in der Herzmähre und im Alexius für eine spätere Abfassungszeit des ersteren Gedichtes sprechen. Denn in der lat. Quelle zum Alexius, war K. diese Erzählung gegeben und, wenn auch bei der weiten Verbreitung dieser Sage im Mittelalter anzunehmen ist, dass sie unserm Dichter schon vorher bekannt war, so wird sie ihm doch die Alexius-Legende wieder in das Gedächtnis zurückgerufen haben.

So möchte ich denn die Vermutung aussprechen, dass die Herzmähre unmittelbar nach dem Alexius, also in Basel, und nicht in Strassburg, entstanden ist.

Die jetzt in drei Bänden vorliegende neue Ausgabe der Urkunden aus der Stadt Basel, die Zeit bis 1300 umfassend, welche zu erneuter eingehender Untersuchung der von K. in seinen Werken erwähnten Namen Basler Bürger auffordert, konnte für die Zeitbestimmung unseres Gedichtes keinen Anhaltspunkt liefern.

Heinrich Isenlin war procurator des Basler Spitals; Johannes stammte aus Bermeswile, einem in Solothurn s. w. Laufen liegenden und zum Kloster Beinwil gehörigen Ort. Er wird frater genannt (III. Urk. 127). Beide waren angesehen und reich begütert; ihre Besitzungen stiessen zum Teil aneinander.

Isenlin tritt zum ersten Mal in einer Urkunde von 1265 auf, Johannes wird zuerst im Jahre 1273 erwähnt. Beide haben K. überlebt und liefert deshalb ihre Erwähnung für unsern Zweck kein Material.

II.

Got, schepfer über alliu dinc,
sît der wîsheit ursprinc
von dir vliuzet unde gât,
sô lâ mir dîner helfe rât
5. zuo vliezen und die sinne sleht,
daz ich geprîse dînen kneht
und ich des leben hie gesage
der alsô lûter sîne tage
in dîme dienste wart gesehen.
10. sîn lop durnehteclîche enbrehen
muoz von wâren schulden.
er hât nâch dînen hulden
geworben alsô vaste
daz in der êren glaste
15. sîn name sol erschînen.
dâ von sô lâ mir dînen
wîsen rât ze helfe komen,
sô daz sîn leben ûz genomen,
daz in latîne stât geschriben,
20. werde in tiusch von mir getriben
alsô bescheidenlichen nu
daz dâ von geprîset du

A Ueberschrift: Hie nach stat geschriben von santo Alexio waz
er leit vffen ertrich durch got vn swer daz liset vnde us lat ze herzen
gan daz mag in gebesseren groseliche an selen vnn an lip.
1—56 fehlt S. 2. sid das das d. w. J. 4. läs J. 8. alz A O. 10.
Sin lib dur lúchteklichen enpfelchen J. din A O. 13. alz A O. 14. swaz
A. swas O (Anm.: lege das). 18. so waz sin lebe A. so was sin leben
(Anm.: lege das) O. Das ich J. 20. zvo tusz A. zvo tvisz O. fehlt J.
21. alz A O. beschaidenlich J.

werden müezest und ouch er.
sîn hôher name was dâ her

25. sô vremde gnuogen liuten.
nu wil ich iu betiuten
unde entsliezen die getât
die der vil sælden rîche hât
begangen ûf der erden,

30. durch daz gebezzert werden
müg eteswer von sîner tugent.
wan swer daz leben sîner jugent
durchnehteclîche merket,
der mac dâ von gesterket

35. an guoter sache werden hie.
der sældenrîche lebete ie,
macht ander liute sældenhaft.
er gap in edel bîschaft
und ein sô nützez bilde

40. daz in diu sünde wilde
wart von gotes lêre.
dâ von hab ich nu sêre
mînen muot geleit daran
daz ich gesage von einem man

45. der hæte gar ein heilic leben,
durch daz sîn tugent müeze geben
den liuten hôhe sælikeit,
den hie sîn leben wirt geseit

---

23. Haupt fälschlich mügest ohne Variantenangabe. 25. ze frömde gnůg- den l. J. vromde A O. 26. vch A O. ůch J (von Haupt nicht angegeben). 28. seldenriche A O. sâldriche J. 29. erde O A. 30. werde A O. gebessret J. 31. mvge etzwas A. mvige etzwer O. 33. Durch nätteklichen J. 35. fehlt J. sachen A O. 36. der selden riche lebete ie A O. Des sældenrichen lebn je: gebrast an dū jüglin nie J. 37. und A O J. mahte A O. sældeschafft J. 42. da von so hab i. n. s. A O. 43. gelet J. 44. D. i. ůch sage J. 45. D. hät g. ain sâlig lebn J. 46. Dem dz sin tugūd hāt gebn J. (Haupt fälschlich dz] da, hat] hôrt). 48. Den den dz l. J.

und daz lobelîche dinc,

50. wie der kiusche jungelinc
beleip der houbetsünden vrî.
swer nu sô reines muotes sî
daz er mit willen hœre sagen
daz wunder sînes lebetagen,

55. der sol mit vlîze bieten her
sîn ôren und des herzen ger.

Ze Rôme ein edel herre was
der in sîn reinez herze las
milte und ganze erbermekeit.

60. grôz wunder was ûf in geleit
rîchtuomes unde wirde.
sîn muot und al sîn girde
vor schanden lûter wâren.
er diente in sînen jâren

65. mit vlîze dem vil werden gote
und wolte gerne sîme gebote
wesen iemer undertân.
er was genant Eufêmîân
und wielt getriuwes muotes.

70. vil êren unde guotes
het er in sîner hôhen pflege.
weiz got, im dienten alle wege

---

49. loblich J. 51. bleip A O. Belaib den höbt sünden fri J. 52.
wer nvn J. Ueberschrift von S: Diss ist die legend von sant allexius.
54. Das er sine lebtagen J. 57. ain edler hre sass J. (von Haupt nicht
angemerkt). In S roter Initiale. sas S. 59. gancze erbarmhcykait J.
gancze barmherczikeit S. 60. Ain w. J. Gros wund¹ hat gott an in ge-
leit S. 61. von richtüm und von wird S. 62. vnd sin begirde J S.
63. Aü sch. 1. warend J. gar 1. warent S. 64. im A O. dienot S. 65.
fliss J. dem allmechtigū gott S. 66. sinen gebott J. vnd wz öch sinem
gebott S. 67. Alle zit u. S. 68. gehaissen (Haupt fälschlich: gehaisen)
eufannon J. genempt S. 69. was S. er Oberl. Gloss. 70. vnd vil g. S.
71—73. fehlen A O. 71 hatte S. 72. diente all weg- J. weiz got fehlt,
im dienoten öch alle (nicht aller, wie Pfeiffer hat) weg S.

driu tûsent vrouwen und ouch man
die pfelle und sîden truogen an

75. bî den selben jâren
und umbegürtet wâren
mit rîchen borten guldîn.
er muoste liep dem keiser sîn,
wan er in sînem palas

80. der oberste und der beste was
des er dâ bî der zîte wielt.
sîn hûs er milt, clîche hielt
nâch der wâren schrifte sage.
drî tische wurden alle tage

85. bereit den armen dinne.
die wâren gôtes minne
truoc sîn tugentrîcher lîp.
ouch hæte er ein vil sælic wîp,
diu was Agleis geheizen

90. und kunde in wol gereizen,
ûf milten unde ûf hôhen muot;
si was liutsælic unde guot,
bescheiden und verwizzen.
ir tage si verslizzen

---

73. ouch fehlt S. 74. pfellor vnn side truoc er an der selbe ge-
truve man A O. Die hattēt purpur vū sidū an J. Die semit vū siden
an trūgont S. 75. Trūgend bi den j. J. by den iarē S. 76. vmb gurt
warend J. vm̄ gegûrtet warē S. 77. Mit siden portū g. J. 78. sîn fehlt
J. mveste A O. 79. w. er sinen p. A O. 80. u. d. liebeste (libeste O)
w. A O. obrost J. 81. Das er do bi den zitū wilt J. do by den zitten S.
82. wirdenklichen S. 83. geschrift J. geschrifte sag S. 84. wirden A O.
Die tisch wirđn all tage J. Die dische warent alle tag S. 85. Berait
den armē kinden J. dar inne S. 86. ware A O. Die da warēt gottes
m̄m̄er J. 87. tuot A O. tugōthafft' J. minnenklicher S. 88. vil fehlt S.
hette A O. hett J. hatt S. 89. agles J. 90. kunt A O. kund J. Die
kond i. w. geheissē S. 91. vnd rainē J. Vff milte vnd uff barmherczikeit
gūt S. 92. lutzelic A. lvitzelic O. vnd reines mūt S. 93. gewissen S.
94. J. t. hett s. v. J.

95. het in ganzer reinekeit,
    wande ir herze was geleit
    an got vil harte sêre.
    in beiden guot und êre
    was gegeben und beschert.
100. iedoch het in vreude erwert,
    daz si wâren âne kint,
    diu rîcher liute wunne sint
    unde ir spil ûf erden hie.
    daz reine wîp enhæte nie
105. sun noch tohterlîn getragen.
    daz hôrte man si beide klagen
    dicke sunder allen spot.
    si gâben durch den werden got
    almuosen rîlîch alle stunt,
110. dar umbe daz in würde kunt
    von sîme trôste ein kindelîn
    daz noch ein erbe solte sîn
    der hôhen gülte manicvalt
    der wunder was in ir gewalt.

115. Nu wolte si des got gewern
    des ir gemüete kunde gern
    gar inneclichen zaller zît.
    er liez ir edel herze sît

---

95. hetten A O. gar jn rainer stâtikait J. hatten S.   96. Wõ J. Wann S. vnn A O.   97. ane gott uil hart vū sere S.   98. Ir baiđn J. 99. gebn J.   100. hette A. dz fröd J. hatte inen dz fröd S.   102. lûten S. 103. vff erde J (von Haupt nicht angemerkt).   104. Das wip enhette noch nie J.   106. hort J. Dz warent irer herczen grosse clagū S.   107. dv (dvi O) zwei sunder ane spot A O. Dikke s. alle sp. J. Dar dar hattê si grosse nott S.   108. sv A. richen A O. Vnd gabent grosse allmûsen durch gott S.   109. Billich almûsen a. s. J. Alle zit vnd alle stund S. 110. der umbe laze in werden k. A O. Darum S.   111. sinem J S (von Haupt nicht angemerkt).   114. Der wunsch wz in jr gezalt J. fehlt S. S schiebt 16 Verse ein, cfr. Anm.   115. got des g. J.   116. Das jr mût J. In S neuer Absatz, Dz ir gemûtte von īn was gerē S.   117. inneclicher zuo A O. Als unnklich zc J. Also wunŭeklich zc S.

ervröuwet werden unde ir leben.

120. in wart ein schœner sun gegeben
von gotes helfe sâ zehant;
der wart Âlexîus genant
und het vil schiere an sich genomen
den rîchen und den hôhen vromen

125. daz er begunde minnen
mit herzen und mit sinnen
den wâren got für alliu dinc.
er wart ein sælic jungelinc
an lîbe und an gebâre.

130. der edel und der klâre
zuo der schuole wart geleit
und hæte in sîner kintheit
enpfangen schiere die vernunst
daz er von gotelicher kunst

135. wart vil unmâzen wîse.
mit lobelichem prîse
gezieret stuont sîn reiniu jugent.
er wart ein spiegel rîcher tugent
und aller êren bluome.

140. wer möhte alhie mit ruome
durchgründen ouch sîn hôhez leben?
im hæte got den wunsch gegeben
ûz erwelter dinge.
dem werden jungelinge

---

119. werden] wurd oder wmd J. (von Haupt nicht angemerkt).
120. gebn J. wann iū schier wart geben S. 121. vō siner helffe do
zehand J. von sinem trost ein kindelin S. 122. fehlt S, S schiebt 27
Verse ein nach 121. 123. 124 umgestellt A O. 123. het er vil sch. A O.
vnd hette an sich g. J. vnd hatt an sich g. S. 125. Dz er da begonde
m. S. 128. wz S. 129. gebârde J. 129—152 fehlt S. 130. werde J.
131. gelert J. 132. hette A O. hett J. 133. schiere fehlt, vernunft J.
134. gotlicher A O. götlich‘ kunst J (nicht wie Massmann hat, kunft).
136. lobelicheme A O. lobelichem brise J. 138. Er wz ain spiegel all‘ t. J.
140. mit fehlt J. 141. ůch (= iuch) J (von Haupt nicht angemerkt).
142. wunsche gebn J. 143. ewelter A.

145. wart alliu schande wilde.
er hæte ein klârez bilde
und eine lûtere angesiht.
an im brast aller sælden niht
die man ûf erde haben sol.
150. sîn herze sam ein heizer kol
in der gotes minne bran.
daz schein im in der jugent an
vil ûzer mâze vrüeje.
man seit, swâ tugent blüeje,
155. daz dâ vil rîcher sælden vruht
beginne wahsen mit genuht.

Diz wart an im bewæret wol:
sîn herze was der tugende vol,
dâ von sîn lîp gar sælic wart.
160. ein maget rîch von hôher art,
diu von keisers künne was,
wart im ze wîbe, als ich ez las,
gegeben in der kintheit.
doch wizzent daz er si vermeit
165. und er si kiusche lie bestân.
si was nâch wunsche wol getân
und ûz der mâze schœne.
mit lobe ich iemer krœne
ir werdez leben und ir lîp.
170. si wart im als ein êlich wîp
gemehelt in dem tempel sus
dâ sante Bonifâcîus,

145. Vor aller schanden wilde J. 147. ein luter A O. ain luter J.
148. brist J. 149. erde fehlt J. erden O. diatr. u. Gl. 152. im an der
j. J. 153. vss (nicht, wie Haupt hat, vff) der massen frûe J. usser massen
frûge S. vroege A. vrvege O. 154. wâ A O J S. 157. Diz] als O. 158.
ward der tugēd J. tugenden S O. 160. magt J S. 161. was fehlt S.
162. zewibe S. 165. kûnsch liess bestön J. Vnd si da k. S. 166. vō
wûsche J. 167. vss der mässen J. ussermassen S 168. ich si jemer k. J S.
170. selig S. 171. hus J S. gemächelt J. gegeben S. Haupt gemahelt
mit fälschlicher Auslassung der Variante.

der marterære genædec, ist.

vil werde priester, wizze crist,

175. ze samene gâben si des tages.

des wart an vröuden vil bejages

enpfangen in der veste wît,

wan dâ geschach ein hôchgezît

diu rîlich unde schœne was.

180. diu brût ûf einem palas

des nahtes eine dâ beleip,

dô man den tac vil gar vertreip

mit wunne und mit geræte.

Âlexîum den hæte

185. bevangen hôher tugende schîn.

Eufêmîân, der vater sîn,

hiez in minnenclichen gân

zuo der megde wol getân

ûf die kemenâten hin.

190. lieplichen sprach er wider in

'sun, vil herzeliebez trût,

ganc und schouwe dîne brût

in daz gaden wunnenclich.'

mit disen worten huop er sich

195. ûf den palas sâ zehant;

darinne er wol gezieret vant

172. do A O. 173. marterer gnedic A O. martrer gnädig J. martrer
gnedig S. 174. werder J S. wise J S. (von Haupt nicht angemerkt).
175. zvo samene A. ze samēd J. ze samē S. 176. Dez ward da frŏdū
vil beiaget J S. 177. vnpfangē S. 178. do A. hohzit J. hochzit S.
179. rich J. richlich S. S schiebt 6 Verse ein, cfr. Anm. 180. einen A.
palast J. Die schône brut uff einem schônen pallas S. 181. bleip A. eine
fehlt J. einig S. 182. da A. 183. wnnen A. 184. Alexius der hatte J.
Allexius hatt S. 185. hoh J (von Haupt nicht angemerkt), vmevangē
hocher tugenden schin S. 186. Eufamion J. 187. hie oder lie S. 188.
magte J (von Haupt nicht angemerkt). 189. In die kemnatē S. 190.
lieplich J S. 191. herczlieber J. liebes herczē (= herzen) S. 192. ganc
vnn schowe A. Gang vff schow din brut J. Gang vū schöwe S. 193.
gadem A. 195. palast do J. da S.

die werden keiserlichen vruht.
an ir lac schoene bî der zuht
und ûz erweltiu stæte;
200. si was mit rîcher wæte
bekleit nâch wunsche garwe.
ir minneclîchiu varwe
gap durchliuhteclichen schîn.
si was gar edel unde fîn
205. an lîbe und an gebâre.
diu sælige und diu klâre
geblüemet gar mit êren saz.
Âlexîus dô niht vergaz
der tugende der sîn herze wielt.
210. rein unde kiusche er sich behielt
vor allen houbetsünden;
wan in begunde enzünden
diu wâre gotes minne
diu lac in sîme sinne
215. brinnnende unde glüejende.
alsam ein rôse blüejende
vor im saz diu guote.
dô wart im des ze muote
daz er sich von ir lîbe schiet
220. und ir daz aller beste riet

---

197. werde keiserliche A. Die uil keyserlichē f. S.   198. schöni S.
199. uzzer welte A. vsser welte J. usscrwelte stett S.   200. Vnd w. m. r.
wate J.   201. b. n. w. wäte J. mit wunsche S.   202. vrwe J. Ir gar m.
f. S.   203. durchlûchten (= durchliuchten) S. durchluchtigen J.   204. und
gar S J.   205. gebârde J.   206. selic A. klâre] werde J.   207. wol J S.
208. da A. der nit J (nicht, wie Haupt hat, mit).   209. tugēd d. s. hcz
wilt J. tugenden S.   210. er si behielt S.   211. alle höbt sünden J.
212. wō J. wann S.   214. sinem J. Die lag īm in dem sinne S.   215. So
brinnēt vñ so glügende J. Sere brūnnent vnd blûyent S. brennende A.
216. Sam so ain r. J. Recht als die rosen tugent S.   218. da A. des
fehlt J S.   219. libe fehlt S.   220. allerbeste A. vnd ira da dz aller
beste ried S, S schiebt 129 Verse ein.

      des er gevlîzen kunde sich.

      mit süezen worten minnenclich

      begunde er si daz lêren

      und ûf den willen kêren

225. daz si bestüende kiusche;

      er warf ir daz getiusche

      der trügenlichen werlte vür

      und seite ir daz man gar verlür

      ze jungest an ir lône.

230. dar nâch sô gap er schône

      ein vingerlîn der süezen dar

      und ein gezierde liehtgevar,

      daz si nâch dem lantsite

      bedecken solte ir houbet mite

235. daz adellîche was gestalt.

      ʿgemahelʾ, sprach er, ʿdiz behalt

      die wîle ez gotes wille sî.

      der müeze uns beiden wonen bî

      und zwischen uns belîben gar.ʾ

240. hie mite schiet er sünden bar

      von ir unde meines blôz.

      durnehtic, michel unde grôz

      wart sînes herzen riuwe.

      der süeze und der getriuwe

---

221. konde S.   222. mmeklich J.   223. Begonde er si do l. S.   225. belibe S.   226. dz zů tûsch J. fûr das g. S.   227. trvgenlicher welte fvr A. Oberl Gl. trurigen welte fûr J. trugenlichen weltte für S.   228. daz fehlt, manger v. A. ira das man ze iungst verlür S.   229. an der welt lone S.   230. Dar nach do gab er jr sch. J. darnach A. sô fehlt, ira uil sch. S.   231. ein v. öch dar S.   232. Vnd ein stuchen liechtuar S. J hat nicht, wie Massmann liest, lichtgebar.   233. nach dē sitten J.   234. jr höbt tükte da mitte J. ir höbet solte S.   235. adelich A O J. adelichen S. 236. dz J. das S.   237. sig J.   238. beden A. mûs J S. beiden fehlt J. 239. vnn bi vns bliben gar A. vnd künsche bi vñs belibn gar J. (nicht, wie Haupt hat, blîben) vū zwûschem v̄ns beliben gar S.   240. svnder bar A J S. do schied S.   241. vnmeines blos A (das O schon verbessert). vnd main was lös J. von ir alles meines blos S.   242. dvrnehtic A. Dvrnehtic O. durnächtig J. durchnechtig S.   243. truwe A. wz im do S.

245. ein teil er sînes guotes nam.
     mit dem dô kêrte er unde kam
     tougenlîche sînen wec.
     gar stæte wolte er unde quec
     belîben an dem dienste gotes
250. und iemer gerne sîns gebotes
     volgen ûf der erde.
     der edel und der werde
     saz ûf daz mer in einen kiel
     und fuor als ez im wol geviel
255. und in dô sîn wille bat
     vil schiere zeiner schœnen stat;
     diu nennet man Laudâtîâ.
     doch was er niht ze lange dâ,
     wan er zehant von dannen schiet.
260. sîn edel herze im dô geriet
     daz er kêrte zeiner stift,
     diu wirt geheizen an der schrift
     bescheidenlîchen Êdissâ.
     diu selbe stat in Sŷriâ
265. lît, daz sagent uns diu buoch.
     dâ was gedrucket in ein tuoch
     daz bilde Jêsû Kristes,
     gar îtel arges listes

---

245. er] do J. er fehlt S. 246. da A. so J S. 247. tugēdlich J. dögenlichen S. tvgentlichen A. weg⁻ (= wege) J. 248. gar stäter voller pfleg⁻ (= pflege) J. kek S. 249. bliben A. belibn ju J. (nicht ir, wie bei Pfeiffer wahrscheinlich durch einen Druckfehler steht) dienst S. 250. sin J. gerne fehlt S. 251. erden S. 254. vnd für uff das mer als es im danne geuiel S. 255. und als in J S. im A. do fehlt S. 256. zuo einer A S. zuo ainer schön' statt J. 257. kam die hiez landantia A. nemet mā laudatīa J. lauducia S. 258. doch beleib er nit l. d. S. 259. daña J. von dannen schiet er sich sa A. 260. m̄ne das riett S. fehlt A. 261. vnn kerte hin zuo A. zū einer gestift S. 262. Die ist gehaissen (geheissen S) in d' geschrifft J S. 263. Beschaidūlich J. bescheidenliche A. Bescheidenlichē (= bescheidenlichen) edissia S. 264. sirean J. Kyria S. 266. getruket J. gemalet an S. 267. ihesv cristes A. jesus xp̄us J. jhus xp̄us S. 268. stat itel A. karges J. gar vil a. S.

[Bei Haupt V. 269—292] und âne menschen werc gemaht.

270. ouch stuont ein münster wol geslaht
gezieret dâ vil sêre.
in sanct Marîen êre
gewîhet ez vil schône was.
in dirre veste, als ich ez las,

275. Âlexîus sich nider lie
mit reinem willen unde gie
ze kirchen aller tegelich.
er quelte mit gebete sich
den âbent und den morgen.

280. in riuweclichen sorgen
wart daz herze sîn begraben.
ein swachez kleit vil gar beschaben
daz leite an sich der jungelinc.
daz edel und daz rîche dinc,

285. daz er von guote brâhte dar,
daz gap enwec der guote gar
den armen liuten unde enpfie
mit in daz almuosen hie
vil jæmerlichen alle stunt.

290. im wart vil manic breste kunt
an spîse und an gewande.
nu daz er von dem lande
was vil tougenlîche komen
und daz ze Rôme wart vernomen

---

269. ön J. môntschen hant S. 270. stont en mvnster geslaht A. minst' geschläht J. uil geschlacht S. 272. sancte A. sant J S. 273. gewicht J. Gewichet S. 274. ez fehlt J. In der statt S. 275. lies J. Al. s. da n. lies S. 276. willen er g. J. 277. kilchen alle täglich J. ze der kilchen also tögenlich S. 278. zögte J. übte S. 280. ruwelichen A. Ir rûweklichen orden J. In andacht vū mit sorgen S. 281. Dar in wz dz hercze hercze sin begraben S. 282 und 283 fehlen J. 282. vil fehlt S. 283. Dz nam an s. d. jūnglinge S. 284. dinge S. 285. Was S. 286. gab er willcklichen (nicht, wie Haupt hat, willecliche) dar J. enweg der süsse dar S. 287. enpfing J. 289. vil gemainlich J. 290. jn, preste J. gebreste S. 292. Nvn J S. 293. tougenlich A. tôgenlichê (= togenlichen) J. vil fehlt, tögenlichen S.

295. daz er sich hæte enwec gehaben, [V. 293—318]
    dô wurden sîne vriunt begraben
    in jâmer unde in maneger nôt.
    si wâren alle an vroüden tôt
    durch sîne leide hinvart.

300. der vater sîn von hôher art
    hiez in dô suochen alzehant.
    vil boten wart nâch im gesant,
    der kam ein teil z Édisse,
    und sâhen in gewisse

305. dâ sitzen bî den armen.
    si liezen sich erbarmen
    den kumber sîn vil tiure.
    des gâbens im ir stiure
    und ir almuosen sâ zehant

310. wan er was in unbekant
    an lîbe und an gebærde.
    in hæte alsô beswærde
    entschepfet und der breste sîn,
    daz in niht mohte werden schîn

315. daz bilde sîn ze rehte.
    doch wâren im die knehte
    und die boten alle kunt,
    wan er bekande bî der stunt
    ir namen und ir leben wol.

320. für wâr ich iu daz sagen sol

---

295. enwege hat J. enweg hatte ge gehaben S. 296. da wirden s. vrvnt A. wurdent sin frůnd J. des wurdent sin frůnde da S. 297. maniger A. menger J. mit manger S. 298. vroieden A. 299. Dur sin laiđn hinfart J. siner leiden hinvart S. 301. dô fehlt, suochen all da zehant S. 302. wurdent uss gesant S. 303. ze disse A O. ze edissa J. kament, ze edissia S. 304. gewisse da S. 305. dâ fehlt S. 307. de A. kumer S. 308. gaben si A. Do gabenez in ze stûre J. gabent si im stûre S. 309. und fehlt, sâ fehlt J. da zehant S. 310. ine (= inen) unbekant S. 312. alsô fehlt, sin b. J. 313. Entschöpfft vů d' gebreste sin J. vnd der grosse gebreste sin S. 314. sin A. 315. daz fehlt, bilde kvnt z. r. A. 316. do, inn͡e (= inen) S. 317. wol kund S. 318. b. si by der st. S. 320. vch A. iu fehlt S.

[V. 319—344]   daz er gen himelrîche sach
                      und gar inneclichen sprach
                      'got herre in dîner magenkraft
                      almehtic unde wunderhaft,
      325. genâde und lop sî dir geseit,
            daz in der hôhen sælikeit
            betaget hiute sî mîn leben
            daz mîne knehte mir gegeben
            hânt ir almuosen hie.
      330. die mir dâ heime wâren ie
            mit dienste willeclîche bî,
            die sint nu rîcher dan ich sî.
            des wil ich danken, herre, dir,
            swes du begunnen hâst mit mir,
      335. daz lâ mit sælden und mit fromen
            an mir ouch ûf ein ende komen.'

      Die rede treip Âlexîus.
            die boten wider heim alsus
            kêrten an den stunden.
      340. daz si niht hæten funden
            den ûzerwelten an der zît,
            daz seiten si ze Rôme sît
            den vriunden und dem vater sîn.
            des wart ir herzeclicher pîn
      345. von schulden bitter unde tief.
            sîn muoter in ein gaden lief,

---

321. ze h. J. ze himelrich uff S. 322. fehlt A. 324. almehtig A
J S. 325. gnade A. gnad J S. 327. Betagt si hùtt S. 328. gebn J.
hant geben S. 329. hant fehlt S. 330. mit dienst warent by S. 331.
fehlt S. willeklichen J. 332. dēn J. denne S. 333. herre danken S.
334. Wes du begmēt hest zū mir J. was S. 335. las S. 336. an fehlt,
mir uff ein gūtt ende k. S. S schiebt nach 336 10 Verse ein. 337. Do
die red getreib a. S. Roter Initiale u. Absatz in S. 338. hain J. 339.
dʹ (= der) J. 340. hettint J. do S. 342. zuo A. 343. den v. A.
344. herzecliche A. Das was ir herzeliche pin J. des leid ir hercz vil
grosse pin S. 346. gadem A O. kamer S.

[V. 345—372]

in dem si nahtes allez lac.
si spreite nider einen sac,
dar ûf si klägelichen saz.

350. ir ougen wurden schiere naz
von sorgen und von leide.
ir blanken hende beide
begonde si dô winden.
si zarte von den linden

355. wangen daz vil rôte vel.
ein stimme gar unmâzen hel
mit jâmer ûz ir munde fuor.
bî gote si dô tiure swuor
daz si niemer kæme

360. von dan, ê si vernæme
diu rehten wâren mære,
wâ hin komen wære
Âlexîus, ir liebez kint.
diu sorge wart ân underbint

365. versigelt in ir muote
darumbe daz der guote
gescheiden was von in alsô.
diu reine, sîn gemahel, dô
sprach ir swoher zuo mit clage

370. 'nu wizzest, herre, daz ich trage
den stæten willen iemer
daz ich gescheide niemer

347. allez fehlt, inne l. S. 348. si gab ir heroze mangen schlag S. 349. clagenlichen A. wann si da uil cleglichū sas S. 352. liechten S. 353. da A. Begunde, vinden J. 354. linde A. 356. uss mässe J. gar fehlt, usser massen S. 357. usser irem S. 358. dô fehlt, vil tûre J S. schûr J. 359. Das si da niemer dar us kcme S. 360. von dan fehlt, e dz si verneme S. 361. warc J. 362. wa der zart were S. 363. vil liebes J. 364. wart fehlt, ir u. J. ane A Oberl. Gl. S. weret S. 365. irn A Oberl. Gl. an jr J. irem S. 366. Dar vmb J. darum S. 367. jr J. ira S. alsus J. Das wz jr grösser jam' sus Do dů raine sin gemachel do Ir klag- sprach also schiebt J ein. 368. fehlt J. 369. sprach fehlt J. 370. wissest A. wissist J. wûssct S. 371. besten A.

von dem erwelten hove dîn,
ê daz ich von dem vriunde mîn
375. die rehten wârheit hie vernime.
ich arme trûren sol nâch ime,
sam sich diu turteltûbe quelt,
diu kein ander liep erwelt,
swenne ir trût gevangen wirt.
380. si mîdet iemer und verbirt
aller grüener böume zwî
und wont dem dürren aste bî
mit jâmer und mit sender klage.
reht alsô wil ich mîne tage
385. die schœnen wunne vliehen
und mich ze sorgen ziehen
die mîn gemüete derrent
und allen trôst versperrent
vor mînem armen herzen.
390. ich muoz vil strengen smerzen
lîden unz ich hœre jehen
waz mînem vriedel sî beschehen,
dem süezen und dem reinen.
ich wil in iemer weinen
395. die wîle unz ich daz leben habe,
ist er des lîbes komen abe.'

Sus wart Âlexîus geklaget
von der vil keiserlichen maget

---

373. huse J S. werdē S. 374. fridel S. 375. rechte worheit A.
v'nim J. hie fehlt, vernim S. 376. wän ich tr. s. n. jm J. von dem
liebē gemachel min S. 378. turtultube A. Oberl. diatr. 379. Wenn S.
380. mident J. 381. bovme A. Oberl. diatr. böme J. grünen böume zwy
S. grvoner Oberl. diatr. 384. rehte alz A. 385. schoene A. frische J.
frischen S. 386. Vnd zů den sorg zū. J. Vnd den sorgen zů z. S.
387. derent J. 388. v'sperent J. 389. Vō J. mime S. 390. muoz fehlt S.
391. uncz das ich hōrre j. S. 392. vrisel A. vriesel Ob. gl. wie, geschech S.
394. Den wil ich S. 395. unz fehlt J. d. w. und ich S. 398. vil fehlt J S.

diu sîn gemahel worden was.

400. diu muoter sîn ze herzen las
und ouch sîn vater swæren sin.
ir hôher muot der was dâ hin
und ir vröuden rîcher hort.
ir lieber sun der leit ouch dort

405. in gotes dienste mange nôt.
almuosen unde betelbrôt
was sîn lîpnarunge.
sîn ûzerweltiu zunge
zaller zîte pflac gebetes;

410. beide wînes unde metes
wênic tranc sîn kiuscher munt.
er was biz ûf der sêle grunt
mit gotes dienste erfüllet gar.
bleich und jæmerlîche gevar

415. begunde in sorge machen.
vil vasten unde wachen
sach man den reinen gotes kneht.
in dûhte billich unde reht,
daz er sich quelte harte.

420. der süeze sich bewarte
vor allen sünden tegelich.
sîn sælic herze wolte sich
der himelischen gnâde wenen.
man hôrte in siufzen unde senen

---

400. võ h. J. 401. sins vatter swerer sin A. ouch fehlt S. 402.
der fehlt J. 403. vroiden A. 404. Allexius leid öch d. S. 405. mēge
J. manig S. 406. betteln brot A. bettebrott S. 407. sins libs J. sines
libes S. 409. zit A. ze aller J. pflag ze allen zitte g. S. 410. wins A.
baide tages vū nachtes J. 411. weninc A. 412. biz fehlt A. der selbe
stūd J. selen S. 413. gaist J. 415. Begond J. Begonde S. 416. Eht
vasten J. Beide vasten S. 418. dükt J. dūch S. 419. hielte h. S. 421
bis 424 fehlen A. 421. vor fehlt J. 422. heiliges S. 423. viehen J.
424. femen J.

425. nâch dem paradîse vrôn.
     ûf den vil hôhen gotes lôn
     stuont sô vaste sîn gerinc,
     daz sich der reine jungelinc
     quelte deste harter.
430. sus lebet er in der marter
     volleclîche zehen jâr
     biz got den liuten offenbâr   ˷
     wolte machen al die tugent
     die sîn lîp von kindes jugent
435. het ân underlâz getragen.
     ein bilde lie sich bî den tagen
     in dem münster schouwen,
     gewirket nâch der vrouwen,
     diu got, den werden Krist, gebar.
440. ez was nâch wunsche liehtgevar
     von golde und von gesteine.
     daz selbe bilde reine
     begunde an einem morgen fruo
     bescheidenlîche reden zuo
445. dem glockenære von der stift.
     uns seit von im diu wâre schrift,
     ez sprach alsus dâ wider in
     'ganc für das münster balde hin
     und heiz den menschen gân her în
450. der vor der angesihte dîn

---

425. aller sunnentage fron A. frone J. nach der himelschlichen
crone S. 426. gotes fehlt, löne J. vnd nach des paradises lone S. 427.
gerüg- J. geding S. 428. kusche S. 429. zwungte dester harte J. hielt
dester harter S. 430. lebt J. lepte S. 431. vollenklichen J S. 433. alle
A. alle tugend J. w. da m. alle d. t. S. 435. ane A. on J. 436. lies J.
liess s. by denen tagē S. 438. noch A. 440. nâch fehlt A. liecht far J.
ze wunsche wol gewar S. 441. von edlē gesteine S. 442. bild J.
443. begonde S. 444. Beschaidnlichen J. Bescheidenlichen S. 445.
glockener A. glognare zů d. st. J. gloggner S. 446. vnn A. Als vns
sait die geschrifft J. vns seitt die ware geschrift S. 447. dâ fehlt J S
(J von Haupt nicht angegeben). 448. gant, balde fehlt A. bald S.
449. möntschen gan har in S. 450. angesiht S.

dâ sitzet, vriunt, an sîme gebete.
sprich daz er in die kirchen trete;
in welle got erhœren
dort in den himelkœren
455. des rehten und des guoten ouch.
sîn bete sam ein wîrouch
ûf dringet vür sîn ougen;
diu rede ist âne lougen
daz er binamen heilec ist.
460. in wil der ûzerwelte Krist
erhœhen ûf der erden.
sîn reiniu tugent werden
den liuten offenbære sol.
er hât verdienet harte wol
465. daz an in werde alhie geleit
grôze und ganze heilikeit.

Der dinge michel wunder
den glockener besunder
in herzen und in muote nam,
470. daz er daz bilde lobesam
sprechen hôrte wider in.
für daz münster kam er hin
gegangen und dar ûz getreten.
er suochte alsam er was gebeten
475. Âlexîum den klâren,
des er begunde vâren

---

461. vriunt fehlt, sin J. sitzet dar vor an sinem gebett S. 452.
kilche A. kilchū J. kilchen S. 454. dem A. der J. 455. ouch fehlt J.
456. gebett J. als ein wirǒch S. 457. Vff tringt für die ǒgū gocz J. für
gottes ǒgen S. 458. lǒgen J. lǒgnen S. J schiebt ein: das solt du mir
gelöben. 459. heilic A. hailig J. heilig S. 460. ûz fehlt J. (von Haupt
nicht angemerkt). 461. Erhören J. erhörren S. 463. offenbarē J. S.
464. verdienot S. 465. hie fehlt J. alhie fehlt S. 466. Er und gancze
wirdikait J. ere und gancze selikeit, dañ er der tugent crone treitt schiebt
S ein. 467. ding- nam m. w. J. dingen S. 468. Den glögner A. Den
glögner J. grüner Initiale in S. den gloggner S. 469. vnd jn wůder
kam J. ǒch nam S. 471. hört sprechñ J. 473. dar vff J. 474. alz A.
Er sůchet als er ward g. J. als S. 476. begonde S.

mit willeclichen ougen.
dô was er âne lougen
sô vremede sîner angesiht,
480. daz er sîn dannoch rehte niht ·
erkande sicherlichen hie.
dâ von sô kêrte er unde gie
für daz bilde drâte wider.
ûf diu knie viel er dâ nider
485. dêmüeteclichen unde bat
got den süezen an der stat,
daz er im lieze werden schîn
wâ dirre mensche möhte sîn
der alsô heilic wære.
490. daz bilde wunnebære
sprach aber dô vil schiere zim
'trit ûz der kirchen unde nim
sîn war nu wider unde vür.
der aller næhest bî der tür
495. sitzet, nu sich, daz ist der.
ganc und heiz in komen her!'

Sus gie der glockener zehant
hin ûz dem münster unde vant
Âlexîum dâ rehte.
500. dem reinen gotes knehte

---

477. willenklichen S.   478. er fehlt J. lögnen S.   479. froemede
A. frómde J S.   480. denocht recht nit J. (von Haupt nicht angemerkt).
das er sin noch ze rechte nicht S.   482. jn das münster er do gie J.
483. tratt er J.   484. vff sin knie er viel d. n. J. sine knūw S.   485.
temveteeliche A. jneklichen er do b. J. jemerlichen S.   487. werden
liesse S.   488. mēsch J. d' móntsch S.   490. dz es iñ seitte die mere S.
491. vil schiere fehlt, zů im J. dz bild sprach aber zů im S.   492. kilchn
J. kilchen S.   493. nu fehlt J S.   494. nähste J. nóchste S.   495. s. da
sich dz ist er J. da sich S.   496. sant A. gang‑ J. gange S. h'r J.
497. Vss gieng‑ der glogner zehand J. gieng der gloggner zehand S.
498. hin fehlt J.   500. den rainē (= rainem) J. den reinē S.

viel er ze füezen an der stat.
gar innenclichen er in bat
in des gotes tempel gân.
ouch wart den liuten kunt getân

505. von dem glockenære sît
diz wunder daz im an der zît
von dem bilde für was komen.
er seit in swaz er dô vernomen
hæte von Âlexîô.

510. des buten im die liute dô
vil hôhen prîs und êre.
sîn wirde wuohs sô sêre
beidiu stille und überlût,
daz der vil reine gotes trût

515. niht langer mohte erlîden.
er wolte gerne mîden
êre und werltlichen ruom.
daz münster und den gotes tuom
liez er unde kêrte dan.

520. den muot enpfienc er und gewan
daz er wolt in Cilicjen lant
kêren zeiner stat zehant;
diu was geheizen Tharsîâ.
bî sante Paulus münster dâ

525. wolt er belîben iemer mê,
durch daz er würde niht als ê

---

501. zuo fuoz A. ze fůsse S. 502. gar innenklichē an d' statt vn̄
batt S. 503. Da jn J. jn̄ das er in dz gottes mūnster gienge S. 505.
mesner J. gloggner S. 506. Das wūder dz J. das wunder das S. 507.
im̄ wz für k. S. 508. da A. Er sait wz er hett v'nomē J. er seitte im
da wz er uernomen S. 509. hette A J S. 510. buttēt J. buttē S.
511. hoher J. von hochen bild S. 512. waz A. Sin wil der wůsch vil
sere J. da sere S. 514. vil fehlt S. 515. moehte A. Nit lenger mochte
liden J. nit lenger mocht erliden S. 517. weltlichen A J S. rům J.
518. den fehlt, tůme J. 520. enpfien A. vnd kam S. 521. wolte in
celicie daz lant A. cecilien land J S. 522. zuo einer A S. zuo ainer J.
523. carsia J. 524. sant pauly J. 526. wrde A. nit wurd S. al ze Ob. Gl.

vermeldet noch erkennet.
sîn herze was enbrennet,
daz in der gotes minne wiel.

530. nu daz er kam in einen kiel
und ûf daz mer geschiffet was,
dô kam ein wint, als ich ez las,
der grœste der ie wart erkant,
und warf den selben kiel zehant

535. ze Rôme in die vil guoten habe.
des kam sîn herze vröuden abe;
wan er darumbe trûric wart
daz gerâten was sîn vart
vil anders danne er wolte

540. und daz er niht ensolte
komen hin ze Tharsîâ.
nu der vil guote spürte dâ
unde des begunde warn,
daz er ze Rôme was gevarn,

545. dô dâhte er wider sich zehant
'sît mich hât alsus gesant
her wider heim der winde sûs,
sô kêre ich in mîns vater hûs
billicher danne anderswar,

550. wan ich ein swæriu bürde gar
dekeinem man ûf erden
wil hinnan fürder werden,

_____

527. vnd J S. 528. fehlt J. uerbrennet S. 529. dz es S. viel J.
(Bei Haupt fälschlich Da für J statt dz angegeben.) 530. ein A. nun
sass er uff dz mer in einen kiel S. 531. Der vff, gestifftet J. vnd do
er uff S. 532. da A J S. 533. bekant J S. 535. guote A. vil fehlt S.
hab J. 536. herzen A. ab J herez S. 537. gar trurig S. 538. sine S.
539. den J S. wolt S. 540. ensolt S. 541. Carsia J. (bei Haupt als
Tarsia gelesen). 542. vnd der, da fehlt S. 543. vnn begvnde nemen
war A. Vnd ~~man~~ (sic!) nū dez rechtn war J fehlt S. 544. zuo A. gen
J S. geuarē S. 545. gedacht S. 546. Sit dz J. Sider das mich alsus hatt
g. S. 547. der wind alsus S. wilde A O. 548. ich fehlt J. vatters J. mines S.
549. nvn den J. dañ S. 550. gar fehlt A. wanne ich ein schwerre b. g. S.
551. dekeinen A. Dekainen J. 552. werder A. hinan J. hinnū für nun w. S.

wan im und dem gesinde sîn.
daz leben und die tage mîn
555. sol ich verswenden hie vil gar.
nieman der dinge wirt gewar
daz alhie mîne vriunde sint
und ich Eufêmîânes kint,
des hôchgebornen mannes, bin.
560. dâ von wil ich nu suochen in
mit willecliches herzen gir
und wil in biten daz er mir
sîn brôt unz an mîn ende gebe.
die wîle daz ich nu gelebe
565. sô bin ich unvermeldet hie.'
mit disen worten er dô gie
ûz dem schiffe zuo der stat.
dar în sô kêrte er unde trat
als ein vil armer bilgerîn.
570. Eufêmîân, der vater sîn,
begegent im reht ûf der vart.
ein tiurez kleit von rîcher art
het er des mâles angenomen
und was von dem keiser komen
575. ab sînem wunnenclichen sal.
im gie von liuten âne zal

---

553. wan minem vater A. Bi im J. 554. die fehlt J. 555. hie vil
gar fehlt A. wesen hie vil gar J. 556. und hie vollenden A. dz niemā
der dingē werde gewar S. 557. Daz alle mine vroide sint A. Dz alle
min frûnd hie sind J S, letzteres aber sint. 558. ich fehlt A. eufamies
kind J. vnd ich bin allexius kind S. 559. hohgebornes A. hohgeborn
J. Enfemianus des hocherbornen m. b. S. 560. Darvmb J. da vō so S.
561. willeklichen J. willenklichem S. 563. end geb J. 564. wil, leb J S.
565. vnvermâret J. 567. vō dē stifte J. von dem schiff S. 568. so fehlt J.
569. bilgrin J. 570. daz vater A. Eufamion J. Enfemianus S. 571. Be-
gegnot, reht fehlt J S. 572. höh' J. richer hab S. mit willenklichū
herezē gir schiebt S nach 572 ein. 573. an sich g. S. 575. abe, sinen A.
576. gieng v. l. one J. gieng S.

ein michel massenîe nâch.
Âlexîô wart zuo zim gâch,
dô sîn ouge in hæte erschen.
580. als uns diu wârheit hât verjehen,
daz sprach er wider in alsô
vil harte erbermeclichen dô.

'Vil ûz erwelter gotes kneht,
tuo dîner hôhen tugende reht
585. an mir genædeclichen schîn
und hilf mir armem bilgerîn
daz ich bî dir belîbe
und mîniu jâr vertrîbe
in dîme hûse reine.
590. lâ mir die brosmen kleine
die von dîme tische komen
ze mîner nôtdurfte vromen
und heiz si mir ze spîse geben,
durch daz gesegenet sî dîn leben
595. von gote und er geruoche sich
erbarmen aller tegelich
über den durch sîne tugent
der von dir fuor in sîner jugent

---

577. massenye A. mässe J. menge S. 578. zuo im A J. zů im̄ uil
g. S. 579. Do jn sin öge hett geschen J. do sine ögen hattē iñ ersechē
S. 580. veriechen J. ueriechen S. 580—582. fehlen A. 581. do J.
582. erbärmdherczeklichen J. erbermklichen S. 584. hoher A. dinē hohū
tugēden J. dine hochē tugendē S. 585. vil gnedecliche A. genedenk-
lichen S. 586. armen A. armē J. fehlt S. 587. blibe A. 588. uncz ich
min jar vertribe J. mine tag S. 589. dinem J S. 590. din brösmā J.
las S. 591. dinem J S. komend J. die fehlt S. 592. nötdurft fröme J.
notdurfte vū fromē S. 593. vnd mir si ze spise g. J. si fehlt S. 594.
sî] sin A. durch fehlt, Das gesegnot sig d. l. J. durch das gesegnot
sige d. l. S. 595. von fehlt A. geruochte J. got A. gotte J. gott S.
596. alle täglich J. 597. dur sin tugent J. 598. der fůr von ůch in
siner jugend S.

und muoz in dem ellende sin
600. als ein armer bilgerîn.'

Eufêmiân der klâre
von disen worten zwâre
wart ûf sînen sun gemant
sô vaste daz im alzehant
605. sîn ougen überliefen
und er vil manegen tiefen
siufzen ûz dem herzen liez.
Âlexîum er komen hiez
zuo im unde sprach alsô
610. zuo sîm ingesinde dô.

'Swer disen menschen alle wege
belîben lât in sîner pflege
und im gestât mit dienste bî,
den lâze ich hiute und iemer fri.
615. darzuo wil ich in teilhaft
machen mîner erbeschaft
und al des guotes sô ich hân.
sus hiez er einen zuo zim gân,
dem er bevalch den bilgerîn.
620. er sprach 'du nim ze rehte sîn
mit guoter handelunge war.
ein bette mache im etewar.

---

599. muoz fehlt A. muoz in fehlt J. vnd in dem ellend mûs sin S.
600. lebet alz ein armer bilgerin A. mûste als ain bilgrin am Anfang
der Zeile ein durchstrichenes al) J. 601. Eufamion J. Roter Initiale in S.
602. wart von d. w. z. S. 603. ward uͦ siñe sun ermant J. wart fehlt,
an S. 604. all ze hand J. 605. über lüffend J. 606. von ouch vil mangen
t. A. mēgen J. Vnd er da ŏch mangen t. S. 607. su�̃nfzen von sinem
reinē herczen lie S. 608. zuͦ iм̃ komē S. 609. zuo im fehlt, vnd sprach
zuͦ im also S. 610. sinē J. vnd zuͦ siñe gesinde do S. simc A. 611.
alleweg A. wer d. m. allwegen J. wer d. mŏutschen allweg S. 612. bliben
A. pflegen J. pflcg S. 613. dinste J. by S. 614. läs — frig J. las —
yemer frÿ S. 615. teilhaff A. 616. crbeschaf A. c̀bschafft J. erbschaft S.
617. alles, sô fehlt A. alles, so ich kan J. alles S. 618. zuͦ jm J S.
619. fehlt J. 620. min A. zcrecht J. dů im S. 621. handeług J. vnd
min sin m. g. h. w. S. 622. mach A. im fehlt, mach etswar J.

4

daz in dem hûse schône stê
swenne ich ûz und in dâ gê
625. für in, daz ich in schouwen müge.
kius einen winkel der im tüge
ze ruowe, daz er drinne lige,
daz im kein trûren angesige
und im nieman niht leides tuo.
630. daz soltû spâte unde vruo
betrahten und besorgen.
den âbent und den morgen
pflic sîn vil harte schône.
des wil ich dir mit lône
635. danken al die wîle ich lebe.
sîn kunft ist mir ein hôhiu gebe,
wan er mich mit den worten sîn
hât ermant des kindes mîn
daz ich in zehen jâren hie
640. gesach mit ougen leider nie.'

Mit disen worten und alsus
gefüeret wart Âlexîus
ze sînes vater hûse dan.
der heileg und der guote man
645. dâ inne er sich nider liez.
in einem winkel man im hiez

623. in miñe hus da sch. st. J. in minem huse da es sch. st. S.
624. swen A. wen ich jss vñ nider ge J. weñ ich us oder in ge S. 625.
mug- J. 626. ein A. der im genug J. kůs im̄ ein S. 627. zuo A. dar
inne J. růwent das er dar inne l. S. 628. ane g. S. 629. Vnd jme
jemā ůt laide tů J. nit leides tůge S. 630. solt du spat J. solt du spatt
vñ frůye S. 631. Behaltñ J. bewachtē S. 633. pflig sin gar sch. A. du
pflig sin harte sch. S. 634. das ich dir ÿemer l. S. 635. wil A. alle die
wil J. vnd danken alle die wil ich leb S. 636. en hohe A. kůst, ain
höh gäbe J. sin kunst ist mir ein hoche geb S. 637. wō, mich fehlt J.
wann, mich fehlt S. 638. Mich hät ermanet J. mich hatt ermanet des
sunes min S. 639. jare J. den S. 640. mit minen ougen, leider fehlt J.
leider fehlt S. 641. S grüner Initiale. 642. gefürt ward J. 643. jn
sines vatters J. zů, vatters S. 644. heilig- J. heilic A. der werde mā S.
645. do nider S. 646. einen — in A. jn̄ J.

ein bette schiere machen.
aldâ begunde er wachen
in gotes dienste manege naht.

650. sîn heilic lîp ranc unde vaht
mit marterlichen dingen ie.
ze mettîn und ze messe gie
der sælig aller tegelich.
sîn tugentrîchez herze sich

655. dar ûf mit hôhem vlîze wac
daz er enkeine zît verlac
die man sol singen oder lesen.
er wolte an sîme gebete wesen
alliu mâl und alle vrist.

660. der edel und der werde Krist
was im in die sinne brâht
mit alsô reiner andâht
daz er sîn niht enkunde
vergezzen mit dem munde

665. noch in des herzen muote.
der biderbe und der guote
mit grôzer kestigunge twanc
den lîp, wan er az unde tranc
vil wênic und vil kleine.

670. niht anders wan gebeine

---

647. schöne J. ein bett schon da m. S.   648. Alle da begunnen
erwachen J. begont er S.   649. gotte d. mange A. dinste menig J. dienst
manig S.   650. hailig- lib rang J. heilig lip rang und facht S.   651.
martellichen A. naturlichen (also nicht natiurlichen), ie fehlt J. ÿe S.
652. zuo A. mette J. metti vnd ze messe er gie S.   653. teglich A.
sälig- alle täglich J.   653 fehlt S.   654. sich fehlt J.   655. sich uff hoche
tugent wag S.   656. enkain J. kein S.   657. Das J. so (oder do?) mä
solt S.   658. sinê J. sinem S.   659. allu m. u. allv v. A.   660. crist A
S J. werdest J.   662. alse A. rainê J.   663. nit J S.   664. den A.
666. biderb J. der edel und d. g. S.   667. kestunge zwang J. kestung
zwang S.   669. weninc A. vil klaine und vil klaine J.   670. den J.

4*

was in im und diu hût dar obe.
sîn vater hiez sîn wol ze lobe
von sîme hôhen tische pflegen.
ab dem der werde gotes degen
675. wart alsus gefuoret hie.
doch wizzent daz er wolte nie
darumbe gezzen deste mêr
daz man im edel spîse hêr
von sînes vater tische bôt.
680. sîn ougen wurden dicke rôt
durch manegen trahen bitterlich.
er senete nâch dem lône sich
der ie dem rehten was bereit.
vil maneger hande smâcheit
685. im sînes vater knehte buten.
die köche die daz fleisch dâ suten
swaz die von wazzer und von labe
gespuolten maneger schüzzel abe,
daz wart ûf in gegozzen.
690. daz leit er unverdrozzen
gedulteclichen alle zît.
diu kint begiengen wider strît

---

671. in fehlt, drobe A. wō jm in der hůt tube J. an im̄ S. 672.
im wol J. lob S. 673. sinê J. sinê, hôhen fehlt S. 674. hin ab dē
werden gottes tegen J. 674. abe dem so wart der gotes segen A. ab
dem wart der gottes tegū S. 675. alsus gefveret hie A. alsus gefůre hie
J. alsus gefůret hie S. 676. Doch wisset er wolt wie J. 677. Da vmb
gesessen dester me J. darum̄ gessen dester mere S. 678. edle J. here S.
679. vatters J S. dische S. 680. wirden A. öge wurdent J. wurdent von
blůtte rott S. 681. trehen A. 682. sente J. sante da S. 683. die ie dē
J. dem] den S. 684. manger A S. menger hand J. 685. vatters knechte
buttēt J. vatters knecht erbatte S. kocche A. 686. koch, dâ fehlt, suttent
J. kôche, dâ fehlt, suttent S. buoben A. 687. Was die v. w. alder vō lob
J. vnd wz die v. S. 688. manger A. Oberl. Gl. gespvelten A. gespuilten O.
gespůltend mēge schůssel ob J. gespuolten fehlt, von manger s. a. S.
689. spůltē das wart uff inn g. S. 690. Dis laid J. er alles u. S. 691.
gedultenklich ze aller zit S. 692. begingēt J. begiengent S.

an im dô grôzen ungelimpf.
er was ir gamel und ir schimpf
695. alle zît und allen tac.
er wart vil dicke ûf sînen nac
geslagen sunder lougen.
man spîte im under ougen
und tete im allez ungemach.
700. man schalt den guoten unde sprach
im dicke smæhelîche zuo.
diz leit er spâte unde vruo
mit willeclichem muote.
sîn vater der vil guote
705. erkande niht die smâcheit
die der gotes kempfe leit.
er wânde daz man pflæge sîn
vil schône und er dekeinen pîn
von sînem ingesinde lite.
710. der heilig und der wol gesite
in sînes vater hûs für wâr
fuorte stille und offenbâr
vil strengez leben bitter
sô daz den gotes ritter
715. nieman darinne erkande.
sîn herze maneger hande

---

693. vngelmpf S. im] in Ob. Gl.   694. fehlt S.   695. alle tage A. Ob.
Gl. Alle frist vn alle tag J S.   696. ûf sinen nac fehlt, geslagen A.
Ob. Gl. sin nak J. es S.   697. geslagen fehlt, vf sin nac A. ane
lögnē S.   698. sv spuwen im in die ovgen A. spigt J. man spuwt im̄
vnder die ȫgē S.   699. man tet A.   700. dē sŭssū J. den sŭssē S.
701. småhlichen J. im dik uil schamlich zů S.   703. willeclichen A.
704. sin vatter vnd sin mŭtter S.   705. d' smachait J. erkanten nie die
schmacheit S.   707. wond J. want S.   708. die keinen A. er fehlt, dekain J.
dekeine S.   709. gesinde lytte S.   711. verwar A. huso S.   712. stil J.
fŭrte er still S.   713. strenge A. vil stilles strenges l. b. S.   714. dem A.
716. maniger A. hercz mŏger J. hercz mang' S.

jœmerlîche nôt enpfienc,
daz sîn gemahel vor im gienc
und er ze der ein wort niht sprach.

720. nu sprechent ob daz ungemach
niht wær ein vil strengez leit.
mich wundert daz er ie vermeit
sô lange die vil wunnesamen
und er niht seite sîuen namen

725. dem vater noch der muoter sîn,
diu beidiu marterlichen pîn
mit klage umb in erscheinden
und alsô dicke weinden
durch daz er von in was gevarn.

730. daz er in wolte niht enbarn
sîn herze und ouch sîn bilde,
daz was ein wunder wilde
und ein erbarmekeit vil starc.
vor sînen vriunden er sich barc

735. biz im von gote wart gegeben
daz er niht langer solte leben.

Und dô der guote sich versach
daz im ze sterbenne geschach,
dô sprach er zuo dem knehte

740. der alle stunt ze rehte

---

717. jemerlichn not empfic S. 718. Das jm J. daz fehlt, gie S.
719. zuo A. nie ain Wort gesprach J. 719—721. fehlen S. 720. obe A.
721. vil fehlt J. were A. 722. wüdret dz er nie vermaid J. wunderet S.
723. wnnesam A. wunne santē S. 724. er fehlt J. und fehlt, das er ir
S. er] ir A. 725. noch den vater vnn A. d. v. vnd d. m. s. J. 726. die
beide S. dv beidv A. die baide J. marterliche J S. 727. erschaintū J.
erscheintē S. vmbe A. 728. wainten J. erweintū S. 729. inen S. (J
nicht wie Haupt.) 730. Dz er wolte nit ensparn J. nit wolte in S. 732.
wnder A. das wz uñ e- gar wilde S. 733. vñ erbarmherczikait J. er-
bermkeit S. 734. sünden J. fründen uil stark S. 735. was J. 736. nit
lenger J S. 737. da A. 738. sterbene A. ze sterben da S. 740. alle
zit S.

solte dâ sîn pfleger sîn
'junkherre, zuo dem dienste mîn
dich neige unde ein lützel biuc
sô daz du mir ein schrîpgeziuc
745. erwerbest der ze brieven tüge.
hilf mir daz ich geschrîben müge
ein wênic mîner sache,
daz dich got sælic mache
an lîbe und an der sêle gar'.
750. hie mite wart im schiere dar
gewunnen swaz er solte haben.
mit endelichen buochstaben
schreip er alliu sîniu dinc,
wie der vil kiusche jungelinc
755. durch got von sîner brûte lief.
dâ bî sô schreip er an den brief
daz er als ein bilgerîn
vil strengen unde swæren pîn
truoc in dem ellende.
760. ouch schreip er vil behende
daz in der tobenden winde sûs
ze Rôme in sînes vater hûs
gar über sînen willen treip.
dar nâch dô satzt er unde schreip
765. daz er sibenzehen jâr
beidiu stille und offenbâr

742. dinste sin J. lieber knecht nū tů so wol das ich dir ymer
dauken sol S. 743. bvg A. dich naig- uñ ain luczel bog J. zů minem
dienst du dich bůge S. 744. daz sch. A. vnd but mir einē schribgeziuge
S. 745. zuo A. ze brieffe J. erwerbest fehlt, der mir zů briefen t. S.
747. weninc A. 748. Das ich J. 749. vñ ouch an selc J. 751. gewnnen
A. wz J S. 752. buostaben A. endlichen J. 753. do alle ding S. 754. vil
fehlt S. 755. lies J. 756. dar by S. 757. bic A. bilgrin J. 758. vil schwärer
vñ vil streng' pin J. vil strenge vnd vil schwere pin S. 760. der A.
er da uil b. S. 761. tögēde J. der tobende wind alsus S. 762. mînes A.
sins vatters J. sines vatters S. 763. gar fehlt S. 764. dan nach da sas
A. dōnocht so macht er J. dar nach malet er S.

wær unbekennet dâ beliben
und daz diu hovediet getriben
mit im hæte ir ungelimpf.
770. der spot, diu smâcheit und der schimpf
diu im geboten was aldâ
daz wart bescheidenlîche alsâ
gesetzet an den brief binamen.
swaz ie geschach dem lobesamen,
775. daz leite er unde schreip dar an.
alsus gewarp der hôhe man
und der vil reine gotes kneht,
dô der grimme tôt sîn reht
an im erzeigen wolte
780. und er verscheiden solte.

Nu diz nâch lobelicher art
geschriben allez schône wart
von sîner hant der reinen,
dô wolte got erscheinen
785. den liuten allen sînen tôt
und die vil marterlichen nôt
die der getriuwe truoc mit klage.
an dem vil hêren balmetage,
dô man gesanc die messe vrôn,
790. dô wart ein wünnenclicher dôn

---

767. wer vnbekant da bliben A. was vnbekeñet da blibū J. were
vnerkannt S. 768. die A. Oberl. Gl. die hoffediet v'tribū J. da getreib S.
769. hetten irn vngelipf A. hettint jn vngelimpf J. hetten irn Oberl. Gl.
(Haupt fälschlich irn] im), sôlichen grossen vngelimpf S. 770. den spott,
den schimpf A J S. 771. der i. g. wart a. S. 772. bescheidenlich A.
wart fehlt, beschaidūlichñ da J. der wart bescheidenlichen da S. 773.
den fehlt J. benamĕ S. 774. lobesam A. wz ie beschach J. 774. fehlt S.
775. schreip es an A. 776. Also warb der hoffamā J. alsus wart der
hoche man S. 778. grime tod J. fehlt S. 779. zaigen J. erzôgen S.
780. wolte S. 781. Do J. vnd S. loblicher J S. 782. schon S. 783. des
reinen A. der raine J. 784. gor J. 786. fehlt A. nôt fehlt J. vil fehlt S.
787. klag- J. clag S. 788. hrem balmtag J. balm tag S. 789. sang J.
790. wnnenclicher A. wuneklicher dön J. wunnenklicher ton S.

ze Rôme erhœret und vernomen.
ein stimme was von himel komen
hôh in dem münster obene;
diu rief dâ wol ze lobene
795. 'wol her zuo mir alle die
der lîp ûf ertrîche hie
mit jâmer und mit seneder klage
durch mînen willen kumber trage!
ich wil iuch widerbringen
800. mit wunnebernden dingen.'

Von dirre stimme schalle
die liute erschrâken alle
die zuo dem münster wâren komen.
wan dô si wart von in vernomen,
805. dô verzageten in diu lider.
si vielen ûf ir knie darnider
und sprâchen kyrjelêŷson.
vil strenger vorhte si gewon
wâren bî der selben vrist.
810. si bâten alle Jêsum Krist
daz er geruochte erbarmen
sich über si vil armen
unt daz er müeste wenden
mit helferîchen henden

---

791. v'hôret J. 792. stim̄ S. 793. obenan A. hohe jn dz mínster
ebōne J. obnē S. 794. lobennc A. zelbene J. die reise do uil wol ze
lobe S. 795. wol her alle zů mir die J. 796. der lieb uff ertrichen S.
797. sender J. hat erlittē mit jamer vū mit selder clag S. 798. der min
willō J. trag S. 799. wil iū S. 800. wnnebernden A. wūnebärde J. wund-
berendō sinnen S. 801. A macht hier keinen Absatz. stim̄e sage J. von
der st. S. 802. erschraknt J. erschrakū die lütte alle S. 803. komen
fehlt A. 804. von leide vnn ungebaren A. 805. inē die gelider S. 806.
dar fehlt A Oberl. Gl. J. si uielent alle dar nider S. 808. worte si ge-
wan J. si do gewunnen S. 809. fehlt J. 810. ihesvm crist A. jesū crist
J. jhūs x̄p̄c̄ S. 811. gervochte A. gerûch J. gerüchte sich ze erbarmen S.
812. sich fehlt J S. 813. muoste A J. weden J. vnd er iū wolte w. S.
814. helff richen J. helffenberenden S.

815. ir schaden und ir ungemach.
     diu stimme zuo in aber sprach
     in einem lûten schalle
     'gânt und suochent alle
     den menschen hie bî dirre vrist
820. der gotes kneht von himel ist
     mit senften und mit reinen siten.
     für alle die von Rôme biten
     sol sîn heiclicher munt.
     ich wil iu tuon sîn ende kunt
825. vil gar mit offenlicher sage.
     er sol verscheiden ame tage
     an dem durch alle menscheit
     got die marterunge leit.'

     Des mæres wurdens alle vrô.
830. si giengen ûz dem münster dô
     mit enander in die stat.
     des si die gotes stimme bat,
     daz tâten si gemeine.
     den gotes kempfen reine
835. den suochtens an den stunden,
     den si dâ niender funden
     in der schœnen veste wît.
     zuo dem münster aber sît

---

816. aber zů jn J. aber zů inen S. 817. in einer luterre A. in
einē richē sch. S. 818. gent A. gänd vss J. 819. in dirre J. hie fehlt S.
822. rom S. 823. hailig- mūd J. heiliger mund S. 824. vch tuon senden
kvnt A. vch, sîn ende fehlt J. vch S. 825. mit offenbar sache J. 826.
an dem tage A S. an dē tagō J. 827. durh A. dur alle die mēschait J.
mȯntscheit S. 828. In A kein grosser Buchstabe. die marter J. die marter
durch ůns leid S. 829. der märe J. der mere wurdent si alle fro S.
831. mit ein andren S. 832. Des do gottes mm̄e batt J. als si (nicht,
wie Pfeiffer hat diu stimme gotes) S. 833. tätens si J. datten si da S.
835. den fehlt J S. sůchtū si da an der stunde S. 836. nienan J. niona S.
837. schonen A. vesti S.

giengen si mit hôher klage.
840. reht an dem stillen vrîtage
kâmen si dar în gezoget.
des wart der hôhe himelvoget
vil tiure dô von in gemant.
si vielen ûf ir knie zehant
845. und bâten algemeine
den werden got vil reine
daz er in lieze bî der stunt
werden offenlichen kunt
wâ man den menschen solte
850. suochen den er wolte
verscheiden lân des morgens vruo.
dô sprach diu stimme in aber zuo
in eime süezen dône lût
'den menschen heilic unde trût,
855. des got dâ wil geruochen,
den sult ir alle suochen
in Eufêmîânes hûs.
sunder vorhte und âne grûs
kêrent dar bî dirre stunt,
860. sô wirt er iu vil schiere kunt.'

Alsus begonden si dô gân
für den helt Eufêmîân;

---

839. giengēt si mit grösser klag- J. hocher clag S. 840. stille A.
fritag J S. 841. komē dar jn gezogen J. kament si dar in gebogt S.
842. da w. d. hoh himmel v. A. hoh himmel v. Ob. Gl., himelvogt S.
himel e o gt J (= himelvogt. Haupt giebt himelbogen an). 843. da von
im A. dô fehlt (bei Haupt nicht angemerkt), genant J. vil tûre von in
do ermant S. 844. knůw S. 845. alle gemeine S. 847. inen S. 848.
offelichen A. 849. wo A. man fehlt J. 850. Sölte (Haupt unrichtig
Böltē) sůchen der er wolte J. lon J (von Massmann falsch gelesen) lon
A. 852. in die stime aber A. in fehlt J. 853. ainem J. einem S. tone
A. S. 855. den J. 856. sond J. sant ir da S. 857. Evfamianes A J.
emfemianus S. 858. und fehlt, öne J. ane foerht vn̄ an gr. S. 859. by
der st. S. 860. vch A. ůch, schier J S. er fehlt, vil fehlt S. 861. da A.
begůdent J. 862. held eufamion J. herrē emfemiā S.

dem sprâchen si dô alle zuo
'vil rehte entsliuz uns unde tuo
865. mit rede kunt die wârheit.
warumbe wart uns niht geseit
daz diu vil hôhe sælde was
dâ heime in dîme palas
von der uns hie gesaget ist?'
870. 'ir herren', sprach er, 'wizze Krist,
mir ist verborgen diu geschiht,
wan ich enweiz darumbe niht
sô grôz als umb ein kleinez hâr.'
hie mite kêrte er sich für wâr
875. ze sîme tiursten knehte.
er sprach 'nu sage mir rehte,
weist du von disen dingen iht?'
'nein, ich, herre' sprach er, 'niht.
mir ist der sachen bilde
880. gar seltsæn unde wilde.'

Von dannen giengen si dô gar
und kêrten zuo dem hûse dar
darinne Eufêmîân dô was.
die keiser beide, als ich ez las,
885. die rœmisch reht behielten
und dô des rîches wielten,

———————

863. da A. dē si do sprachend alle zů J. zů dem sprachent si do
alle zů S.   864. uns fehlt J. vil reiner entschlůss v̄ns uff v̄u tů S.   865.
worheit A. Oberl. Gl. red J. ůns kunt S.   866. warvmb J. warū̄ S.
868. dem A. wz da haim ju dē palast J. dinem S.   869. gesagt S.
870. crist A. Ob. Gl., lĭre J. wise S.   872. wais J. dar ūmē S.   873. umb
fehlt J. kleinez fehlt S.   874. er fehlt, verwar A. kert J.   875. zuo A.
sinē J. ze sinem tor knechte S.   876. sag J S.   878. Nain ich sprach
er h're niht J. nein sprach er herre nicht S.   879. sache J.   880. selzene
A. gar wilde J S.   881. giegon A.   882. hus J.   883. da inne A. eufamion J.
dar inne do enfemianus was S.   884. da beide, ich fehlt A.   Der kais
bald als J.   885. romesche A O. rŏmsches J. die das rŏmsche riche
hieltent S.   886. wieltent J. und doch des rechten wieltent S.

die giengen sunder schallen
mit den burgern allen
dar si got selber kêren liez.
890. Arcadiûs der eine hiez,
der ander hiez Hônôrje.
mir seit diu wâre istôrje;
ez giengen mit in ouch alsus
der bâbest Innocentîus
895. und manic hôher kardenâl.
Eufêmîân dô sunder twâl
sîne knehte sante er vür
und hiez nâch edeles herzen kür
daz hûs vil drâte wieren
900. und nâch dem wunsche zieren
mit aller hande rîcheit.
vil manic teppit wart gespreit
ûf die benke in sîme sal.
ouch wurden kerzen über al
905. dar inne schône enbrennet:
durch daz würde erkennet
des wirtes guoter wille gar.
und dô diu manicvaltec schar
was in daz hûs gemeine komen,
910. dô wart ein stille dâ vernomen

---

887. schalle J. 888. burgen alle J. burgeren allē S. 889. selbe, kêren fehlt A. komē J. 890. archadius A J S. 891. honorge A. Onorie S. 892. hystorie J A S. vns, wâre fehlt J. vns S. 893. giend J. gieng S. 894. bapst junnocēcius J. babst Jnnocencius S. 895. mēger J. manger hocher cardelan S. 896. Eufemiam da A. Eufamion do sūder zwal J. sunder wan S. 897. mit sinē knechtn jlte für J. sinen knecht sant S. (nicht, wie Pfeiffer hat, sante fvr). 898. edels A J. hies in nach S. 899. unt däte vieren J. lauieren S. 900. wnsche A. Oberl. Gl. vn̄ gar nach wüschn̄ J. 902. teppig J. bett wart da bereit S. 903. sinē J. sinem S. 904. wirden A. wurdont J. wurdent S. 905. schon J. dar inn gar schone S. 906. wirde A. fehlt J. das da wurde S. 908. da, valtig A. da S. 909. was fehlt, Vfī in J. was in ein komē S. 910. da A.

und ein swîgen under in.
den wirt den nam besunder hin
ein knappe biderbe unde vrum,
der alle zît Âlexîum
915. het in der stæten huote sîn.
der mensche sprach dô 'herre mîn,
des ich gepflegen hân dâ her,
daz ist entriuwen lîhte der
den ir suochent, wæne ich, hie.
920. vil starkez wunder hân ich ie
bekennet an im und gesehen.
ich muoz iu des von schulden jehen,
daz er binamen heilec ist.
wan ich sach in alle vrist
925. den lîp vil marterlichen queln.
ich wil iu grôzen kumber zeln
dar în der sælig ist getreten.
wachen, vasten unde beten,
siufzen, trûren, weinen,
930. daz spürte ich an dem reinen
alle zît und allen tac.
sîn leit ich niht durchgründen mac
alhie mit endelicher sage,
wan iemer an dem sunnentage

---

912. Der wirt der J S. jn J. 913. vrom A. Den knabn biderben
vnd from J. e(s?)inen knabe S. 914. zit fehlt J. 915. hete A. het fehlt,
jn der statt hûte sin J. hatte in der hûte sin S. 916. sprach er h. m. A.
sprach o h're m. J. môntsch, dô fehlt S. 917. pflegen S. 918. enttrü-
wen J. 919. suochent wou ich hie A. da sûchend wollend hie J. wellent
S. 920. starke wunders ye S. 921. vū han gesechen J. bekennent vnd
an ime da geschechen S. 922. vch A. uch, des fehlt J. uch das S. 923.
heilic A. hailig J. heilig S. by namen S. 924. sag A. 925. der l. v.
martellichen A. mart'lich zwellen J. quelen S. 926. vch A. uch, zellō J.
uch, zellen S. 927. sälig- J. selig S. 929. vnd wainen J. sunfzō truren
vñ sennō S. 930. spür, deme reine A. spurt, an dē vil rainē J. spurt S.
931. tage A. alle tag J S. 932. dvr grvnden A J. 933. endeliche A.
endlich' sag- J. 934. wō je an J. wann an dem nöchsten sunnentag S.

935. enphâhet er (waz sol des mêr?)
den gotes lîchamen hêr.'

Eufêmîân der mære
wart sêre vroüdebære,
wan er mit willen si vernam.
940. für daz bette er schiere kam
ûf dem Âlexîus dô lac.
für wâr ich iu daz sagen mac
daz er in dâ tôten vant
und einen brief in sîner hant
945. den er geschriben hæte vor.
daz tuoch daz huop er im enbor
dâ mite er lac verdecket.
und als er was enblecket,
dô schein sîn bilde, wizzent daz,
950. durchliuhtic als ein glasevaz
in dem dâ ist ein lieht enzunt.
er lac dâ bî der selben stunt
blüejende als ein rôse vrisch.
sîn varwe diu was engelisch
955. und ouch daz antlitze sîn:
diu beide gâben liehten schîn.

935. Enpfieng er wz sol dz mär J. empfieng er wz sol ich uch
sagen mere S. 936. getos A. frönlichame̅ J. lichā herre S. 937. S roter
Initiale. Eufemiam dem mere A. Eufemion J. 938. vroeide A. fró̆dn̄bare
J. fró̆debere S. 939. wō er mit willū J. wan mit willen er A. 940.
schier J S. wan mit willen er A. 941. da A. 942. veh A. dch J. iu fehlt S.
943. dott (tod J.) da liggen (ligen J.) J S. 944. ain brieff J. vnd hatt ein
brief S. 945. hate A. hette J. den er da hatt geschribē vor S. 946.
Das zweite daz fehlt, er vff enbor J. das tûch hûb er uff enbor S. 947. dar
mit er da lag verdecket S. 948. enplecket A. O. Gl. Do er ward enble-
ket J. wart entplecket S. 949. sein b. A. Oberl. Gl. sin lib wissent, daz
fehlt J. im̄ sin lip wu̇ssent das S. 950. dvrhluchtig, glaze A. glas, vaz fehlt
J. 951. dâ fehlt, ein lieht ist A J. da fehlt, in dem ein liecht entzündet
ist S. 952. dâ fehlt J. er sach in bi d. s. st. S. 953. blveiende A. Blügend
J. blu̇ient S. 954. diu fehlt, engelilich A. engelschlich J. 955. antliz A.
antlit sine J. antlit sin S. 956. schine J.

Der vater sîn, Eufêmîân,
wolt im den brief genomen hân
den er hæte in sîner pfliht.
960. seht enmohte er in dô niht
gebrechen ûz der hende sîn.
dâ von sô leit er hôhen pîn
unde erschrac vil sêre.
mit sneller umbekêre
965. gienc er ze sînen gesten wider.
zuo den allen sprach er sider
'got, der wil unser ruochen;
den menschen, den wir suochen,
ich wæne ich den hân funden.
970. er hât bî disen stunden
genomen hie sîn ende.
ein brief in sîner hende
lît besigelt und behaft
den ich mit aller mîner kraft
975. nie mohte drûz gewinnen.
gescheiden ist von hinnen
sîn heilic sêle reine.'
sus giengen si gemeine
mit im alle dâ zehant
980. für daz bette dâ man vant

---

957. eufemion J. 958. hon J. 959. hete A. hett J. hatt S. 960. eht, in fehlt A. Secht do mocht er jn niht J. Secht do mochte er im in nicht S. 961. in gebrechen A. hande J. 962. grosse pin J. hoche pin S. 963. Vnd er schrak J. vnn er erschrac A. vnd erschrak S. 964. vm̅ekere S. 965. zuo A J. zů sinem gesinde S. 967. gvot A. got wil ůns enrůchen J. gerůchen S. 968. den mo̊ntschen den wir da suochent S. 969. ich wene ich den h. A. Ich wen ich den hab fůden J. ich wene ich habe inn funden S. 973. uersigelt S. 974. minen Oberl. Gl. 975. moht, drûz fehlt J. nie moht dar us g. S. mahte Oberl. Gl. 976. hinnan J. 977. sälig s. J. heilige S. 978. Do gingēt J. giengent S. 979. Mit enander do z. J. mitt im̅ alle zehant S. 980. do J. bett, man vant fehlt S.

Âlexîum den klâren.
die zwêne die dâ wâren
gebieter in der grôzen stift,
die wolten den brief und die schrift
985. vernemen unde schouwen dâ.
si sprâchen wider in alsâ
'swie wir sünder sîn genant,
sô müezen wir doch disiu lant
berihten und die crône.
990. ouch ist der bâbest vrône
ein vater al der kristenheit.
got hât gewalt an in geleit
über man und über wîp.
dâ von sô lâz in, sælic lîp,
995. enpfâhen von der hende dîn
den rodel und daz brievelîn
daz behaft dar inne lît.
verhenge daz bî dirre zît,
daz man gehœre und ouch gelese,
1000. waz dar an geschriben wese.'

Nu dise rede was beschehen,
dô wart ein zeichen dâ gesehen
daz got in allen tet bekant.
entslozzen wart sîn heilec hant

---

982. warond J. 983. schönen gestift J. hochen stift S. 984. woltent, den und die fehlen A. geschrift, den und die fehlen J. geschrift S. 985. do J. 986. also J S. 987. Sid wir J. wie wol wir S. sint A J S. 988. mveze A. mâsend J. müssent S. 989. vnd des riches trön J. vnn bevriden schon A. vnd des riches cron S. 990. werde b. vron A. werde bapst frön J. werde babst fron S. 991. cristenheit A. aller cr. J S. 992. den gew. A S. 994. las ein A. darum̄ so lass du seliger lip S. 997 u. 998 umgestellt J. 998. das J S. by der zit S. 999. man und ouch fehlt J. man gehörte vnd öch seche S. 1001. Nvn do dise red J. do nu die rede wz geschechē S. 1002. da w. A. 1003. erkant A. 1004. heilic A. Den brieff den er hett jn dᵉ hand J. das entschlossen wart sine hant S.

1005. wâ der brief lac inne dô.
    mit disen dingen und alsô
    gienc der bâbest lobesam
    dêmüeteclichen unde nam
    ûz der hende sîn die schrift.
1010. dar nâch dem schrîber von der stift
    winkt er mit zühten unde rief;
    er hiez in lesen dô den brief.

    Der schrîber der hiez Êthîô;
    von dem ein swîgen schiere dô
1015. geschehen in dem hûse was;
    den brief bediute er unde las
    bescheidenlichen ûf ein ort.
    und als Eufêmîan diu wort
    des brieves hæte erhœret,
1020. dô wart vil gar zerstœret
    diu vröude sînes herzen.
    vil angestbære smerzen
    begunde er üeben alzehant.
    von strengen sorgen im geswant
1025. daz er in unmaht niderviel.
    vil manic heizer trahen wiel

    1005. Da lag jn̄e do J. da der br. S. 1007. ging der bapst J. gieng der babst lobesan S. 1008. temveteclich A. Demüteklich vnde J. demüttenklichen vnd kam S. 1009. geschrift J. vnd nam im̄ uss sin' hande die geschrift S. 1010. der sch. A J. 1011. winket er A. winkt er vnde rũſt J. 1012. da A. dô fehlt J. Nach 1012 schiebt S 12 Verse ein. 1013. Das zweite der fehlt A J S. echco J. Grüner Initiale in S. 1014. schier J. von den lũtê ein schwigen do S. 1015. erschen J. 1016. betütet, er fehlt A. tett er vff vñ las J. bedutte er S. 1017. fehlt J. vncz uſſ S. 1018. evfemiam A. eufamion J. enfemiã S. 1019. hate erhoret A. hett erhört J. hatte erhôret S. 1020. da, zerstoret A. z'stórt J. 1021. vroide A. frôde J S. 1022. jamerlichñ J. angstberen S. 1023. begvnd er A. Begond er J. begont volbringē S. 1024. wortū J. 1025. daz er vor vngemach dar nider niel S. 1026. vil mũgẽ haissen trähen er da lie J. vil manger heisser trecher wiel S. harter A. herter Oberl. Gl.

ûz sînen ougen lûterlich.
und als er ûf gerihte sich,
dô brach ûz sîme hâre
1030. der edel und der klâre
vil manegen ungefüegen loc.
er zarte mantel unde roc
vil sêre und ouch vil harte.
bî sîme schœnen barte
1035. reiz er im selben unde zôch.
der herre von geburte hôch
lûte und marterlîche rief.
sîn herze in houbetsorgen tief
gar mit grôzem jâmer wiel.
1040. ûf den tôten er dâ viel
erbarmeclichen unde sprach
'wê mir hiute und iemer ach
daz ich zer werlte ie wart geborn!
herre und sun mir ûz erkorn,
1045. den ich tôt hie funden hân,
warumbe hâst du mir getân
sô bitterlichez trûren schîn?
durch waz hâst du die sêle mîn
betrüebet gar ze grunde,
1050. daz du sô lange stunde

1027. vsser siuen öge bitterlich S. lviterlich Ob. Gl. 1029. da, linden hore
A. Er brach vss sinē J. do röft er us sin hare S. 1030. clare A J S. 1031.
mangen A. mēgen J. mangē S. 1032. es J. zerzarte S. 1033. fehlt J. 1034.
vss sinē J. sinem S. J schiebt vor 1035 ein: Dz har mit der schwarten.
1035. Röft J S. im] sich A J S. selber A J S. 1036. hoh J. 1037.
martelliche A. mart'lichn rüft J. marterlichen S. 1038. in den sorgen A.
ju höbtsorgen J. in ganczen sorgen S. 1039. So vast ju jamer viel J.
fehlt S. 1040. vff den töten lib er vil J. so mit iamer vnde viel vff
den dotten libe S. 1041. Erbarmherczeklich J. gar erbermklich S. 1043.
welte A. welt J. ze der welt S. (ie auch in J.) 1044. vzzerkorn A.
mir fehlt J. sun vil usserkorn S. 1045. hie tod J. 1046. warvmb J.
waruī S. 1047. bitterlichen A. bitterliche J. bitterliches S. 1048. dvrh
A. dur J S. hastū S. 1049. zuo A. hin ze J S.

5*

in mîme hûse wære
und du niht offenbære
dich mahtest mînen ougen?
diu rede ist âne lougen,

1055. daz du mir hâst ze herzen
vil siufzen unde smerzen
gesenket alliu mîniu jâr.
ich wânde stille und offenbâr,
daz ich gesæhe noch die stunt

1060. daz du mir lebende würdest kunt
und ich hœren solte dich.
nu hât ez sô gefüeget sich
daz du mir keine antwürte gîst
und nu vor mînen ougen lîst

1065. tôt ûf eime bette swach.
von schulden muoz ich sprechen ach
und wâfen schrîen iemer.
von leide sol ich niemer
enbunden werden noch erlôst.

1070. wâ vinde ich armer solhen trôst
der noch mîn herze ergeile
und al die wunden heile
die durch dînen willen sint
dar în gehouwen, liebez kint?'

1051. minē J. minen S. 1052. vnd da mit offenbare J. vnd dz nit S.
1053—1058 fehlen J. 1053. vor minen ŏgen S. 1054. lŏgnen S. 1056.
vnd vil schmerczē S. 1057. allv mine A. alle mine S. 1058. still S.
1059. Dz ich gesach noh nie stŭd J. seche S. 1060. wirdest A. lebūdig
werdist kūt J. lebent wurdest S. 1061. hŏrren S. 1062. Nvn hett es
sich g. s. J. hast es suss S. 1063. antwirte A. kain antwurt J. das du
kein antwûrt mir gist S. 1064. vnd du J S. 1065. ainē J. einem S.
1066. jehen J. 1067. vnn vaste A. waffen schrigen J. waffen schr. yemer
me S. 1068. fehlt J. leid, niemer me S. 1069. gebvnden werden nach
erlast A. entbunden w. vū e. S. 1070. solichen A. Ob. Gl. sŏlichen J.
arme semlichen S. 1071. Dar nah min h'cz e. J. dar nach min herez e. S.
1072. alle die wuden A. alle die J S. 1073. durh A. dur J. 1074. dar
in fehlt, mir wordū l. k. J. dar in gegossen S.

[V. 1069—1092]

1075. Die klage treip Eufêmiân:
vil trûrens wart von im getân
umb des tôten herren lîp.
sîn muoter, daz vil reine wîp,
dô si vernam diz mære
1080. daz ir sun dâ wære
tôt funden zuo dem mâle,
dô wart ûf grimme quâle
gereizet ir vil kiuscher muot.
si tet alsam der löuwe tuot
1085. der sînen schaden richet
und daz netze brichet,
dar în er ist gevallen.
vor den liuten allen
begunde si zerschrenzen
1090. ir kleider und engenzen
ir wât unmâzen tiure.
diu süeze und diu gehiure
leite ûf klage ir hôhen vlîz.
enpflohten von ir henden wîz
1095. wart ir sîdîn valwez hâr.
ir ougen lûter unde klâr
warf si ze himele unde schrei
sô lûte daz ir möhte enzwei

1075. Evpfemian A. eufomion J. enfemian S. Roter Initiale in S.
1076. v. trurē ward vō jn g. J. vil wunders S. 1077. vmbe A. fehlt J. vm̄ S.
J schiebt nach 1078 ein: Versank jr hercze sit. 1079. da A. die m. J.
1080. die mårc J. dise mere S. 1081. den A. 1082. da A. uss grim̄em
S. 1083. ju vil künsch' müd J. gereisset ir uil hocher mût S. 1084. alz
am der lowe A. Oberl. diatr. u. Gl. als S. 1086. riet zerbrichet A. Oberl.
diatr. u. Gl. necz zerbrichet J. S. 1088. alle J. 1089. begonde S. 1090.
Ir klaider als jr gezcm J. entgenczē S. 1091. ir wart vnmaze ze stvre
A. jr ward J. ir fröd wart u. t. S. 1092. die dic sússe S. 1093. vff clag
leitte iren hochen flis S. 1094. irn A O. Entflochn̄ J. entflochtē S.
1095. sidū farwes hare J. siden falwes S. 1096. clare J. vnd dar S.
1097. zvo himel A. himel J S. 1098. mochte A. möcht J. lut, ent-
zwey S.

daz herze sîn gespalten.

1100. die jungen zuo den alten
    brâhte si ze leide.
    ir blanken hende beide
    diu schœne marterlichen want.
    dô si ir rûmes niht envant
1105. vor der manicvalten schar,
    daz si möhte komen dar
    zuo des tôten bette wol,
    dô rief diu vrouwe jâmers vol
    und sprach mit jâmers schalle
1110. 'nu stânt ûf hôher alle
    durch got von himelrîche
    und helfent mir gelîche
    daz ich mîn leit beschouwe
    und ich vil arme vrouwe
1115. mîn liebez kint gesehen müge.
    den sun der innenclichen süge
    mîn herze und mîniu brüstelîn,
    den lânt mir hiute werden schîn
    durch daz ich in geweine.'
1120. sus trâten si gemeine

1099. z'spalten J. ir hercz siu zerspalten S. 1100. zuo der, korri-
giert aus vnn die A. vnd die J S. 1102. blaiken J. 1103. Da sch. J.
1104. Vnd do si jr libes nit enpfand J. vn do si iren gemachel nit er-
uant S. 1105. manigvalter J. 1106. mochte A. Das si nit komē mochn-
tend dar J. 1107. bettē also J. 1108. Do rûft si frowe j. v. J. do
rûfte die frŏw j. v. S. 1109. jam' schalle S. 1110. nv stent vf hohen
alle A. Nvn stönd vff jr h'ren allv J. nū̇ stand vf' ir herrē alle S.
1111. dur J. 1112. gliche A. 1113. geschowe J. geschŏwe S. 1115.
lebez A. mủg J S. 1116. svnn A. sugin J. den sun fehlt, den n͡nůenk-
lichen der da sůge S. 1117. mîn hercz vnn min brvstelin A. Min hercz
vū minů bristelin J. min hercz vnd (neue Spalte) vnd ŏch min brůstelin
S. 1118. Den lond mir hůt w. sch. J. 1118—1167 fehlen S. Nach
1118 schiebt J ein: wŏ ich bin die můter sin. 1119. dvrh A. Dvr dz
ich jn waine J. 1120. trurten (u, wo sonst gewöhnlich v) A. tätend J.

ûf hôher unde liezen dar
die vrouwen aller wunne bar
kêren zuo dem bette.
des wart von ir enwette
1125. geweinet unde enwiderstrît.
si viel dâ nider an der zît
ûf den tôten jungelinc.
si tete jæmerlîchiu dinc
und angestbærez ungemach.
1130. si rief erbarmeclichen 'ach,
sun lieber unde wol getân,
durch got, wie hast du uns gelân
mich armen und den vater dîn
daz du sô lange bist gesîn
1135. in unser zweier hûse hie
und daz du doch darunder nie
dich woltest uns erscheinen?
du sæhe uns nâch dir weinen
und ze herzen dicke slahen.
1140. wir guzzen manegen herzen trahen
durch dîne leide hinevart,
alsô daz uns von dir nie wart
geseit daz du wær unser kint.
wir wâren leider alsô blint
1145. daz uns betrouc dîn bilde
und uns dîn leben wilde

1121. höhe, liessent J. 1122. vrowe A. Dis frowlin J. 1124. jn
wette J. 1125. g. vaste wider strit A. 1127. jügling J. 1128. stalte J.
1129. jn angstlichē u. J. 1130. Si rŭft erbärmdherczklich ach J. 1131.
vnd öch wol J. 1132. Dur, uns fehlt J. 1133. von mir vnn dem v. d. A.
1133 und 1134 folgen in A umgekehrt. Die richtige Reihenfolge ist
aber durch Vorsetzung der Buchstaben b und a wiederhergestellt. 1133.
mich arme J. 1135. Bi vns ze waine vn̄ also hie J. 1136. darvnde A.
1138. sächt J. 1139. hereze dik schlachen J. 1140. wir gussent mangen
herzen trahen A. Oberl. Gl. wir v'gussen mǣgen trähen J. 1141. laide hin
uart J. 1142. alz A. nie von dir J. 1143. wær feblt J. 1144. alz A. warēt
J. 1145. betroic A. betrög din bild J. 1146. Das vn̄s d. l. also wild J.

[V. 1141—1166] was in allen stunden.
wir beide niht enkunden
erkennen dich ze rehte.
1150. dâ von dir unser knehte
buten manege smâcheit,
daz vil gedultecliche leit
dîn herze und dîn vil heilic lîp.
ach unde wê mir, armez wîp,
1155. daz ich gewan mîn leben ie!
durch waz hâst du geworben hie
sô griuwelîche, herre mîn,
daz du mir und dem vater dîn
verswige dîn geverte?
1160. wie mohtest du sô herte
gesîn, vil herzeliebez trût,
daz du dich stille und überlût
vor uns beiden hæle
und in der nœte quæle
1165. daz dich dîn eigen hoveschar
brâhte zeime spotte gar.'

Mit disen worten und alsô
klagete diu vil reine dô
ir sun getriuwelichen gar.
1170. dar unde dar und aber dar
viel ûf in daz erwelte wîp.
dick über sînen tôten lîp

1147. ward J. 1148. entbūden J. 1149. Bedenkū nit ze recht J. 1150. knecht J. 1151. bvttent mange sm. A. buttēt menge J. 1152. Das du gedultcklich l. J. 1153. vil auch bei J. 1154. vnd owe J. 1157. fehlt J. 1158. daz du mich und den v. d. J. den vater A. J schiebt ein: Nie lieste werdñ schin. 1159. Vnd v'schwigen häst din geuerte J. 1161. hercz liebes kind J. 1162. d'u maire vnsäglich sind J. 1163. vor vns baidñ nåmbd häbe J. 1164. qwale J. 1165. eigin A O. 1166. brahten zuo eime sp. g. A. hie brächte zû jrem spotte gar J. 1167. alsus J. 1168. fehlt J. clagte die reine da S. 1169. irn svn vil getruwelichen gar A. getrūweklichñ J. jren sun getrūlichen gar S. 1170. darum̄ vñ aber dar S. 1171. vzzelwelte A. usserwelte S. 1172. vil dik vff S.

ir arme si dô spreite.

si twanc in unde leite

1175. an ir vil senftez brüstelîn.
sîn bilde in engelvarwen schîn
verkêret und verwandelt
daz wart von ir gehandelt
schône und minnenclîche.

1180. diu süeze tugende rîche
dar ûf vil manegen trahen gôz
der ûz ir liehten ougen vlôz
vil inneclîche hin ze tal.
diu guote kuste in über al

1185. an sîniu wunnenclîche lider.
si rief eht aber schiere sider
zuo den liuten unde sprach
'ir alle die mîn ungemach
hie sehent unde wizzen,

1190. ir sint darûf gevlizzen
daz ir mit mir weinent
und grimme klage erscheinent,
durch daz erbermeclîche dinc
daz dirre tôte jungelinc

1195. bî mir sibenzehen jâr
ist gewesen offenbâr

1173. da A J. dô fehlt, zerspreitte S. 1174. Si nam J. zwang S.
1175. An jrn vil rainē brutelin J. 1176. si b. in gelwer varwe sch. A.
engel farwe J. engelschlichen S. 1177. verwādlet J. bekeret vnd ver-
wandlot was S. 1178. Des ward er gehandlet J. von ir da gehandlet
bas S. 1179. So vnd m. J. schou vū minnūklichū hie S. 1180. duget J.
die schöne vū die tugentriche S. 1181. mangen A. Dar vss vil mēgen
trehen göss J. mangē trechen S. 1182. ir fehlt J. claren S. 1183. minēk-
lichen J. minnenklichen S. 1184. kvst A. Die gūt die kust J. die gottes
kúsche vberal S. 1185. wūneklichen J. gelider S. 1186. Si rieft ach a.
sch. widor J. Si rúfte aber schier wider S. 1189. h. sehed vnde wissend
J. h. sechent vn wússent S. 1190. jr sind gar g. J. 1192. grime A J.
clag J S. 1193. erbarmecliche A. erbärmdliche J. erbermkliche S. 1194.
jūgling J. jüngling S. 1195. sibenzehen zehen iar A. 1196. ist da g. S.

unde mich darunder nie
gewizzen noch vernemen lie
daz er was mîn einic kint.
1200. nu merkent alle, die hie sint,
daz wunderlîche wunder!
den ich hân besunder
gesöuget an der brüste mîn,
daz der sô herte mohte sîn
1205. daz er sich ie vor uns gehal.
von sînen knehten über al
hât er erliten smæhen schimph.
wan si begiengen ungelimph
an im (deist âne lougen).
1210. si spîten under ougen
dem ûzerwelten allen tac.
dâzuo wart er ûf den nac
von ir henden hie geslagen.
begozzen ist er und getwagen
1215. vil harte dicke mittem labe
daz vil maneger schüzzel abe
wart gespüelet hie ze hûs.
nu sehent, die marter und den grûs
leit er gedulteclichen ie
1220. sô daz er uns geseite nie

1197. Vnd er mich da wider nie J. vnd er mich darum̄ nie S.
1198. geschwigū vnd v'nemē hie J. 1199. was fehlt, ainig J. eigē S.
eines A. 1200. maerkent A. merkūt J. 1201. Dis J. diss wunderlich
ding S. 1202. Das J S. 1204. möht J. 1205. von A. O. Gl. v'ball J.
hie, uerhal S. 1206. vor S. 1207. swerin A. gelittū smächē J. gelittē
schmechen S. 1209. daz ist A. dz ist öne lögen J. das ist S. 1210. sv
spiheten im in die ougen A. Si spigten im J. si spuwent im vnder sin
ögē S. 1211. alle tage J. alle tag S. 1212. Dar zuo, vō den nake J.
darzů wart er uff sinen nak S. 1213. irn A. iren S. 1214. getwahen
A. O. Gl. bezwagū J. betwagon S. 1215. wil Ob. Gl. mit' dem A. O. Gl.
mit ir J. dik mit dem S. 1216. manger schusseln A. Ob. Gl. mēger J.
dz manger schüsslen S. 1217. gespulet A. gespuilet Ob. Gl. hie vss J. 1218.
secht J. sechent S. 1219. Dz laid er J. gedultenklichen hie S.

von sîme dinge ein wörtelîn.
wer ist, der nu den ougen mîn
wazzer mit genühte gebe,
durch daz ich al die wîle ich lebe
1225. tac unde naht beweine
daz jâmer niht ze kleine,
daz an im beschehen ist.
ich armiu sol ze keiner vrist
vinden alsô rîchen trôst
1230. daz von sorgen werde erlôst
mîn jâmerhaftez herze.
leit unde grimmer smerze
muoz dar inne sîn begraben
die wîle ich mac daz leben haben.

1235. Dô disiu klage ein ende nam,
geslichen dâ diu schœne kam
diu sîn gemahel was gesîn.
diu liez ouch marterlichen pîn
an ir lîbe schouwen.
1240. man sach die werden vrouwen
mit rîchem purpur wol bekleit.
ir innenclichez herzeleit
wart sô klagebære
und alsô grôz ir swære,

1221. sinē dingū J. sinem S. 1222. wer ist nū der S. 1223. ge-
nucht gebn J. 1224. alle die wil ich lebn J. durch dz alle die wil ich
lebe S. 1225. geweine S. 1226. zuo A. nit so kleine S. 1227. Das an
mir gesechen ist J. geschechen S. 1228. zvo A. zū S. 1229. alse A.
1230. werd J. 1232. grimmē smerczū J. grnñen schmerczē S. 1233. in
A. mŭs ich tragē an minem herczē S. 1234. die wil vñ ich mag leben
S. 1235. nv (mit kleinem Anfangsbuchstaben) dise clage ein ende habe
A. klag‧ J. do nū diser red ein end wart gebē S. A schiebt ein: Nv
(mit grossem Anfangsbuchstaben) alz ich vernomen han A. 1236. schoen
A. Beschaidenlich do d. sch. k. J. do kam gegangen die uil arme reine S.
S schiebt ein: mit sunder clag si sich erscheinde. 1238. martellichen A.
mart'lich pin J. vil mart'liche pin S. 1239. irem lip S. 1241. purpul A.
pfeller S. 1242. minnenkliches S. 1243. klagebäre J. 1244. alz A. ir
fehlt J. vnd so g. ire schwere S.

[V. 1239—1258] 1245. ez möhte got erbarmen.

si sprach 'owê mir armen

daz ich gewan mîn leben ie!

wie bin ich hiute komen hie

ze leides ungewinne,

1250. sît daz ich mîne minne

und mînen vriedel hân verlorn!

den ich ze vriunde hæte erkorn,

der ist mir leider hie benomen.

ich bin getreten unde komen

1255. vil gar in leides orden.

ein witewe bin ich worden

und âne trôst verlâzen.

kein trûren sol sich mâzen

ze mîner grimmen herze klage.

1260. von schulden muoz ich mîne tage

erbermeclîche weinen,

wan ich enhân dekeinen,

den ich von herzen gerne sehe

und dem ich holdes muotes jehe

1265. beid offen unde tougen.

der spiegel mîner ougen

ist zerbrochen sêre.

mîn vröude und al mîn êre

sint versenket und begraben.

1270. vil strenge swære sol ich haben,

1245. mohte **A**. 1246. owi **A**. 1248. hůtt S. hvte **A**. hvite Ob. Gl.
1249. zvo **A**. Ob. Gl. vngewuñe J. ju leides vn gewůnne S. 1250. min
S. 1251. vriesel **A**. Ob. Gl. 1252. hett J. ze fröden hatt S. han **A**.
1254. vn bin k. S. 1256. wittewe **A**. witwe J S. 1257. vnd ön tr.
v'laussen J. 1258. kain trůwe (nicht riuwe) sol ich mässen J. sol ich S.
1259. zuo m. grimmer **A**. grimē h'czū klag- J. herczen clag S. 1260.
klag J. vō schadē m. i. m. tag S. 1261. Erbarmherczeklich J. erbermk-
lichen S. 1262. wō ich han d. J. wann ich han d. S. 1264. Vnd dē
hohes mûtes jehe J. vnd dem ich da huldes (?) müge jechen S. 1265
bis 1286 fehlen J. 1265. vnd öch t. S. 1268. vroide vnn alle **A**. mit
fröden vnd alle mine ere S. 1270. v. st. schwere S. v. st. tage **A**.

diu mir ân ende wirt gegeben.
die wîle daz ich hân daz leben,
sô muoz ich sîn an vröuden tôt
durch daz jâmer und die nôt,
1275. daz ich stille und überlût
vor mir sach mîns herzen trût
und ich des niht erkande.
owê vil maneger hande
leides daz mir ist beschert!
1280. an vröuden ich muoz sîn verhert
und iemer lebende sterben.
mîn wunne sol verderben
und al mîn rîche zuoversiht;
wan ich vil arme enruoche niht
1285. daz mir liebes ist beschehen
† und man mich iemer vrô gesehen,
sît ich hân mîn liep verlorn, [V. 1259—1264]
daz ich ze vröuden ûz erkorn
hæte mir aleine
1290. für al die werlt gemeine.'

Durch den vil klagebæren pîn,
der dâ geschah an disen drîn,

1271. dv mir armer sint gegeben A. die mir ane ende wirt ge-
geben S. 1272. wil A. die wil dz ich mag leben S. 1273. vroiden A.
so mûs ich sin arme ane frôden dott S. 1275. still S. 1276. seche
mines S. 1278. manger S. 1279. l. das ist mir beschechen S. 1280. vroiden
A. fehlt S. 1281. lebene A. jn leide mûs ich yemer streben S. 1283. vnd alle
im frôd ersterbē S. 1284. ruoche A. fehlt S. 1285. liebes] leides A. vn
das leid dz mir ist beschechen S. 1286. vnd sol mich niemā me frôlich
sechē S. [also beide Verse auch in S, obwohl sie bei Pfeiffer ausgelassen
sind.] Ueber die Verderbnis cfr. Anm. 1287. Sid dz J. sid das S. 1288.
zuo vroiden A. ze frôd hett vsserkoren J. ze fröden hatte usserkoren S.
1289. hete mir alleine A. 1290. für alle die gemaine J. durch alle die
w. g. S. 1291. klagberen A. Do der vil klagñbare J. S schiebt 20 Verse
ein. 1291. durch die uil cleglichen pin S. 1292. vnd mā sach die sware
J. die da geschach von d. d. S.

wurden liehtiu ougen rôt.
si weinden al der drîer nôt
1295. ûz innenclichem herzen.
ir jâmer und ir smerzen
klageten beide junc unt alt.
von rîcher koste manicvalt
ein bâre schiere wart bereit,
1300. dar ûf der tôte wart geleit
und mitten in die stat getragen.
man hiez den liuten allen sagen
daz man den menschen vunden
het nu bî den stunden
1305. der alsô heilic wære.
durch daz vil süeze mære
wart vil manic herze vrô.
die bürger giengen alle dô
der bâre engegen âne spot.
1310. dô liez der ûzerwelte got
vil manic zeichen werden schîn.
wan swer an den geliden sîn
was versêret oder wunt,
der wart vil schiere dô gesunt
1315. swenne er zuo der bâre kam.
vil manic ûzsetziger nam
an sich reineclîche kraft.
und swer besezzen und behaft

1293. wirden liehte A. wurdent uil liechter ögen rott S. auch in J
nicht dô. 1294. alle A. all jr drig'nöt J. alle ir S. 1295. herze A. minnenk-
lichem S. 1296. jra jamer vnd iren schmerczē J. 1297. klagtend J.
clagten S. 1298. kost J. 1299. schier wz J. 1300. der dotte sichere
wart g. S. 1301. hin durch A. vñ enmittū jn d. st. g. J. vnd enmittē
in in d. st. g. S. 1304. hette bi disen st. J. hette by den st. S. 1305.
da alz A. 1307. müges J. 1308. gienge A. die burger alle giengent do
S. 1309. öne allen spot S. 1310. da A. 1311. menig J. wurden S.
1312. wō wer J. wann wer an den gelideren sin S. 1314. da A. schier
J. da S. 1315. ewen J. wenn S. swen A. 1316. v. mani uzzetziger man
A. menig vsseczig man J. v. m. ussetziger man S. 1317. fehlt J. nam
an sich reinikeit vñ craft S. 1318. w' J. vnd wer b. v. beheft was S.

mit dem bœsen geiste was,   [V. 1291—1312]
1320. der wart erlœset und genas
in des vil werden gotes namen.
ouch wurden blinden unde lamen
ir swæren sühte dô genert.
den siechen allen wart beschert
1325. daz si gesuntheit fuorten.
wan swenne si geruorten
die bâre, sô wart in gegeben
kraft und ein vrœlichez leben.

Und dô die keiser sâhen
1330. daz alsô vil geschâhen
zeichen an ir gnuogen,
die bâre si dô truogen
selbe zuo dem münster hin
durch daz heil und den gewin
1335. daz sie müesten werden
gesegenet ûf der erden
von des herren heilikeit,
der ûf die bâre was geleit
und alsô manic wunder tete.
1340. ouch wart der bâbest an der stete

1319. m. d. b. geist wussent das S. 1320. war irloeset A. gelöset
J. S. enthaft S. S schiebt ein: durch die werden gottes craft. 1322. o. wirden
bl. v. lammen A. wurdent J S. 1323. svchten, dô fehlt A. suchten da
g. J. suchten, dô fehlt, generet S. 1324. allen fehlt S. 1325. borhten
A. 1326. wene J. wann wenn si m̄ da berürtent S. 1327. do ward jn̄
gebā J. vnd die b. s. w. inē gebē S. 1328. crafft vnn ein vroelichen leben
A. frölich J. vnd frödenriches leben S. 1329. A hat keinen grossen
Buchstaben und S nicht einen Initialen. da A. S schiebt 8 Verse ein.
1329. vnd do das die zwen keyser ersachen S. 1331. zaichū vor ir ögen
J. genügen S. 1332. da A. Die bäre die si d. tr. J. do selber trügent
S. 1333. Selber J. S. 1335. müstend J. musten S. 1336. gesigelt vff
der erdñ J. geseligett vff der erden S. dirre erden A. 1337. heiligen
heilikeit A. hren sälikeit J. herren heilikeit S. 1338. Dar vff d. b. wart
g. J. 1339. wnder tet A. tett J. dett S. 1340. stet A. stett J S.
bapst J. babst S.

[V. 1313—1334] mit in die bâre tragende.

waz sol hie mê ze sagende?

dô wart ein grôz unmâze

geworfen an die strâze

1345. von silber und von golde rôt,

durch daz den liuten würde nôt

hin zuo dem schatze bî der zît

sô daz si niht enwiderstrît

drungen zuo der bâre.

1350. der heilig und der klâre

wart in daz münster schiere brâht,

dâ sîn vil schône wart gedâht

mit gotelichem ruome.

man sprach in deme tuome

1355. lop unde prîs vil maneger slaht.

im wart gewachet siben naht

mit gesange und mit gebete.

und dô diu woche ein ende hete,

dô was mit hôhem vlîze starc

1360. bereit ein wünnenclicher sarc

von golde und von gesteine.

dar în sô wart der reine

1341. tragen J. mit inen S. 1342. sagenne A. wz ist hie vō me
ze sagen J. was duchte me ze sagende S. 1343. da A J. 1345. von
rotem gold S. 1346. wirde A. ward J. wurde S. 1348. nnt (sic!) hin
wider strit S. 1349. trvngen A. Trûgent J. trungēt S. 1350. hailig J.
heilig S. 1351. sicher brächt J. 1352. Da sin schiere w. g. J. das sin
uil schiere S. 1353. gotlicheme A. gotlichō J. gȯtlichem S. 1354. Vnd
sp. in dé J. dem S. 1355. manger A. mēger schläht J. lob vnd ere uil
mang' schlacht S. 1356. gewahet A. vil menig nacht J. mauge nacht S.
1357. mit gesang beide vō mit gebett S. sang, beide fehlt A J. (Dieser
Vers also auch in J.) gebet A. 1358. vnn da die wuche e. e. het
(verbessert aus hat) A. E die woch ain ende nam J. die wuchen e. e. hett
S. J schiebt nach 1358 ein: vnd es ju die statte kam. 1359. da, hohen
A. ward J. S hat nicht wart nach Pfeiffer, sondern was. 1360. m̄mek-
lich' J. jm̄ bereit S. 1361. gold J S.

mit grôzen êren in geleit.

man bôt im ganze werdekeit

1365. nâch der wâren schrifte sage.

und dô man sibenzehen tage

vertreip des herbstes mânen wol,

dô wart daz grap sô rehte vol

von süezem ruche, in dem er lac,

1370. als aller guoten würzen smac

drungen von dem sarke.

des lobete man dô starke

den werden got besunder

der alsô manic wunder

1375. tet an sîme knehte schîn

und ouch durch den willen sîn

vil manic zeichen sît begie.

swer in ûf ertrîch êret hie

und im gestât mit dienste bî

1380. der mac von schulden werden frî.

Dâvon sô râte ich gerne deme

der sîn leben hie verneme

1363. Mit hohē eren dar jn g. J. mit hochē ēren do g. S. 1364.
wirdikait J. wirdikeit S. 1365. geschrift sage J. geschrifte sag S. 1366.
tag J S. (J also bei Haupt fälschlich angegeben.) 1367. des herbestes
manen A. der herbist monot J. des herpst manē des (?) S. 1368. Des
ward dz grabe so recht vol J. da A. grab vol alles S. 1369. rovche A.
v. süssen röch dar jnne e. l. J. von fehlt, gůttes schmakes S. 1370.
gvoter wrzen A. gůtter S. 1371. Trugend v. d. sarche J. trunge S.
1372. so st. A. Dez lobt mā so starke J. das lopte S. 1373. bisunder A.
1374. alse A. also grosse w. S. 1375. sinē knechtn J. sinem, schîn fehlt S.
S schiebt ein: der wise und der gerechte. S schiebt nach 1376 ein: so
tů vns din genade schin. 1377. beging J. vil maniges z. er sider do
begie S. 1378. wer j. v. erde e. h. J. wer iū vff der erden hie S. 1379.
mit erē bi J. und fehlt S. 1380. sündē J. der mag sünden werden
fry S. 1381. A kein grosser Buchstabe, S kein Initiale. dem A. deme
fehlt J. rat ich dir me S. 1382. vernem A. lesen S.

[V. 1355—1378] und von im diz getihte lese
daz er im undertænic wese
1385. mit ganzen triuwen iemer.
sîn trôst verlât si niemer,
die sich ûf sîne gnâde lânt.
von Basel zwêne bürger hânt
sô rehte liebe mir getân
1390. daz ich von latîne hân
diz mære in tiusch gerihtet.
ez wart durch si getihtet
gerne und willeclîche doch,
daz man dâ bî gedenke ir noch
1395. und mîn vil tumben mannes.
von Bermeswîl Jôhannes
und ouch Heinrich Îsenlîn,
die zwêne vlîzic sint gesîn
daz ich ez hân zeim ende brâht.
1400. des werde ir noch von den gedâht
die diz getihte hœren lesen.
si müezen beide sælic wesen
an lîbe und an der sêle dort.
got gebe in stæter vröuden hort
1405. und êwiclicher wunnen rât
und daz ich armer Kuonrât

1383. gedicht S. 1385. ganzer A. 1386. jn niemer J. iun niemer S.
Mit 1386 schliesst J. Es folgt mit roter Tinte die in der Einleitung S.
14 angeführte Angabe des Schreibers. 1387. genade S. 1388. basel A S.
han Ob. diatr. zwen S. S schiebt nach 1388 ein: diss mer uff dútsch
geticht. 1389. vñ mir so recht liep getan S. 1390. ich es A O. hant
Ob. diatr. das ich usser latine han S. 1391. fehlt S. tvsche A O. 1392.
war Ob. diatr. es durch si han gedichtet S. 1393. gerne vnd willenklichen,
doch fehlt S. Nach 1393 hat S: das úns got alle fúre in das himelriche
— vnd wir da mit iñ lebent ewenkliche — dar zů helf vns gott der
vatter vnd der sun — vnd der heilig geist yēmer vnd nun amen. 1397.
y senlin A. 1399. zuo ende A. zu Ob. diatr. 1400. werden A. 1401.
horen A. 1404. vroiden A.

von Wirzeburc gelebe alsô
daz mir diu sêle werde vrô,
des helfe mir der süeze Krist
1410. der got bî sîme vater ist
bî sîner zeswen sîten
ân ende zallen zîten.
âmen.

1407. wrzebvrc A. 1412. ane ende zvo A.

III. Anmerkungen.

1. V. 1—176 Oberl. diatr. 33—35.

Die Verbindung von *schepfer* mit *über*, die zugleich den Gedanken des Herrschens zu enthalten scheint, habe ich bei K. sonst nicht nachweisen können. Beispiele für Gott als Schöpfer aller Dinge finden sich belegt von W. Grimm, Gold. Schmiede S. XXVII.

2. Gold. Schm. 1374 *vrowe, aller sælden ursprinc*. Engelh. 500 *got, aller sælden ursprinc*.

Die durch A an die Hand gegebene Vermutung, dass K. *sît* im temporalen, *sît daz* im kausalen Sinne gebrauche, fand sich bei einer Untersuchung anderer Werke K.'s, bes. des Engelh. nicht bestätigt. A hat hier, 546, 1287 *sît*, 1250 *sît daz*. J und S haben stets *sît daz*.

4. 4—6 auch Oberl. Gloss. 1509.

Die Stellung des Verb zwischen zwei zu ihm gehörige Subjekte oder Objekte bei K. sehr beliebt.

10. auch Oberl. Gloss. 312.

Zu *din* konnte der Schreiber der Vorlage von A durch das voraufgehende *dîme* veranlasst sein. Dass aber auch der durch *dîn* ausgesprochene Gedanke K. nicht fern gelegen haben kann, zeigt V. 23. Doch passt *sîn* entschieden besser in den Zusammenhang. Verwechselung von *d* und *s*, allerdings in umgekehrter Weise, findet sich bei A noch in *vrisel* und *segen* statt *vridel* und *degen*; cfr. auch Silv. 38 *sîn* (des Heiligen) *tugent wirt ze lichte brâht — von schulden ûf der erden*. Gold. Schm. 800 *durchliuhteclichen sol erbrchen — dîn êre zaller zîte*.

18. Partonop. 5006 — *sîn leben ûz genomen*.

19—20 auch Oberl. Gl. 1681.

21. In der Schreibung von *nu* und *du* folge ich Bartsch, der die Weglassung des Längezeichens zu Parl. 95 begründet. Haupt setzt es stets.

25. Ueber die Synkope des *e* in *gnuogen* cfr. Haupt zu Engelh. 209. Troj. 1493 *gnuoge liute*. Troj. 7793 *gnuogen liuten*.

Diese Stelle zeigt, worauf Massmann S. 37 aufmerksam macht, dass die Alexiuslegende zu K's Zeit nicht sehr bekannt war.

26. Silv. 77 *daz ich entslieze die getât, — die sîn lîp begangen hât*.

29. Ueber *ûf der erden* cfr. Haupt zu Engelh. 43.

30. Engelh. 709 *biz sich gebezzert unser jugent.*

31. *etzwas* einer der wenigen Schreibfehler der Handschrift A. Haupt zu Engelh. 155: In den Zusammensetzungen mit *ete* — gebraucht K. nur diese zweisilbige Form und niemals einsilbiges *et.*

36. Gegen die in den Text gesetzte Fassung, wonach *der* Relativ und *macht* Praeteritum wäre, ist das Bedenken zu erheben, dass ich den adverbiellen Gebrauch von *sœldenrîche* nirgends nachweisen kann. Andrerseits schliesst sie sich mit Ausnahme des schon aus metrischen Gründen in V. 37 zu tilgenden *und* genau an A an. Haupt schreibt: *des sælden rîchen leben ie — macht ander liute sœldenhaft. — ez gap in edele bischaft* und folgt damit im allgemeinen J, das doch durch das Fehlen des V. 35 die Unsicherheit seiner Ueberlieferung beweist. Ausserdem war er durch Herübernahme des *der* aus A gezwungen, das durch A und J bezeugte *er* in 38 in *ez* zu ändern. Eher möglich erschiene mir vollständige Beibehaltung von J: *des sælden rîchen leben ie — macht ander liute sœldenhaft. — er gap in edele bischaft,* wobei dann *macht* wiederum als praeterit. aufzufassen wäre.

Aehnliche Gedanken in der Einleitung zu Silvester.

37. Diese Apokope ist K. durchaus gewöhnlich z. B. Engelh. 2857 *macht um sich einen wîten kreiz.* auch Engelh. 29. 294. 844. 372. 580. 701. 871. u. s. w. Alexius 210. 521. 525. 767.

38. 38—39 auch Oberl. Gl. 159.

Troj. 285 *edel bischaft.* Engelh. 202 *edele bischaft.*

39. Beispiele für diesen Gebrauch und Bedeutung von *bilde* sammelt Wolff zu Halbe Bir 490. Ebenso führt er alle Belegstellen für *nütze* an 313.

40. auch Oberl. Gl. 2031.

Pantaleon 20 *ein herze wirt gesterket — an reines willen krefte — von guoter bischefte, — und wirt im sünde wilde.*

49. Der Reim *dinc : jungelinc* überaus häufig cfr. 127. 143. 283. 753. 1127. 1193.

50. Dass K. die unumgelautete Form von *jungelinc* gebraucht, ist zu Engelh. 247 gezeigt.

51. Zweifellos gebraucht K. stets die volle Form *belîben* und die von Haupt 239 angewendete synkopierte dürfte auf einem Versehen beruhen.

54. Pantal. 1637 *ein wunder von dem lebetagen.*

56. Troj. 289 *der biete herze und ôren her.* Engelh. 197 *und neige herze und ôren her.* Pant. 62 *swer nû sîn leben welle — vernemen hie mit reiner ger, — der biete herze und ôren her.* Troj. 7891 *ze herzen und in ôren.* Troj. 13088 *swer sin und ôren biutet — gern unde willenclichen her.* Gottf. Tristan 241 *der biete herze und ôren her.* Trist. 8055 *der ôren und der herzen lust.* Pant. 959, Troj. 4873, 12645 *mit willecliches*

herzen ger. Gold. Schm. 1829 *von sînes tumben herzen ger.* Herzm. 102 *sînes herzen gir.*

58. cfr. 400. Haupt zu Engelh. 1644.

Engelh. 1644 *und er si dô ze herzen las.* Engelh. 5774 *mîn jâmer in dîn herze lis.* Pantal. 1662 *swaz ich ze herzen hân gelesen.* Partonop. 20952 *und in sîn edel herze las — umb ir geschrei vil swæren pîn.* Troj. 14842 *dâ von si dô ze herzen las.*

59. Pantal. 293 *milt unde erbarmeherzekeit.*

64. Partonop. 20338, Troj. 38753 *in sînen jâren.*

Zu dem *im* in A bemerkt schon Oberl. in seiner diatr., dass *er* zu lesen sei.

66. A schreibt zwar stets *solte* und *wolte.* Dass K. auch diese Form nicht abzusprechen ist, zeigt Troj. 19403 *enwolten : holten.* Meist finden sich aber *solde* und *wolde* im Reim. Partonop. 11197, Troj. 26235 *solde : golde.* Troj. 18791 *solde* (= Sold) : *wolde.*

69. auch Oberl. Gl. 2027.

K. knüpft fast stets an einen Satz, in dem ein Name genannt wird, die Eigenschaften oder Thätigkeiten des Betreffenden oder sonstige Aussagen durch einen Satz mit *und* an. Von den überaus zahlreichen Beispielen führe ich folgende an. Troj. 336 *er was geheizen Prîamus — und het ein wunneclichez wîp.* Troj. 838 *si was geheizen Thêtis, — und lac an ir —.* Troj. 964 *ein got der hiez Cupîde — und was der minne schütze:* Troj. 1078 *ein götîn hiez Dyâne — und pflac der jegerîe.* Troj. 1098 *ir swester hiez Cassander — und was vil hübisch unde wîs.* Troj. 4548 *geheizen was er Prôthêus —* (in der Ausgabe allerdings ohne Accent, obwohl im Reim auf *alsus*) *und weste künfteclîchiu dinc.* Troj. 4852 *er ist geheizen Pârîs — und hete an im die sælikeit.* Troj. 5850 *Schŷron was er geheizen — und hete ein vremdez bilde.* Troj. 6276 *Centaurî wâren si genant — und kunden mit geschütze wol.* Troj. 6506 *Jâson der selbe ritter hiez — und lebte in ganzer wirde alsus.* Troj. 6840 *Argus ein listic meister hiez, — . . . . und was der beste zimberman.* Troj. 11206 *Grêûsâ sô was si genant — und lûhte schône und ûz erkorn.* Ebenso Troj. 11526. 12964. 16180. 17970. 20138. 20144. 23852. 23938. 23946. 24892. 24928. 30004. 30126. 30372. 30376. 30382. 30588. 30617. 30636. 30838. 31290. 31302. 31306. 31808. 31816. 32112. 32180. 32385. 32436. 32520. 32908. 33264. 33367. 33396. 33736. 33794. 34639. 35446. 36000. 36034. 36188. 37138. 37919. 37996. 38286. 39808. Pantal. 114. 138. 199. Partonop. 319. 3332. 3600. 3624. 3724. 3812. 4100. 4252. 4284. 4330. 4406. 4470. 9916. 11144. 13532. 14482. 19588. 20530. 21000. 21615. 21754. Silv. 106. 528. 2751. Turnei 8. 154. Engelh. 260. 2497. Auch bei Gottfried Tristan 5886 *der hiez Gurmun Gemuotheit — und was geborn von Affricâ — und was sîn vater künic dâ.* Trist. 13112 *der was Gandîn genant — und was hövesch, schœn' unde rîch.* Trist. 14243

daz selbe solte namen hân — Melôt petit von Aquitân — und kunde ein
teil. Auch Erec 314 *daz er rîches muotes wielt.*

Zahlreiche Beispiele für *walten* mit abhängigem Genet. bei K.
sammelt Wolff 130.

70. Die in A herrschende Verderbnis mag zum Teil dadurch hervor-
gerufen sein, dass dem Schreiber die Konstruktion von *walten* mit einem
abstract. genet. nicht geläufig war; er fasste daher *getriuwes muotes* als
adverbiellen Genet. und liess 70 von *walten* abhängen. *êre* und *guot* be-
deuten hier wohl beide „Besitz." Ihre Zusammenstellung ist sehr häufig.
Troj. 6654 *vil êren unde guotes.* Troj. 12185 *mit êren und mit guote.*
Troj. 12433. 34157 *an êren und(e) an guote.* Schwauritter 1201 *vil*
êren unde guotes. Halbe Bir 125 *an êren und an guote.* Tristan 1479
guot und êre. Trist. 1635 *ze êren und ze guote.* Trist. 1697 *an êren*
und an guote. Trist. 6299 *an guote und an êren.* Gregorius 2267 *der*
êren und des guotes. Erec 401 *guotes und ouch êren mê?* Erec 5967.
9395. Arm. Heinr. 77. 363 *êren unde guotes.* Arm. Heinr. 398 *êre unde*
guot. Arm. Heinr. 403 *vil êren unde guotes.* Arm. Heinr. 495 *beide*
guot und êre. Arm. Heinr. 617. 1439 *êre unde guot.* A. H. 1431 *des*
guotes und der êren. Büchlein I 965 *êren unde guotes.*

Die von A neugebildete Zeile: *der selbe getriuwe man* enthält nur
Worte, die in der nächsten Umgebung vorkommen (V. 69, 75) oder durch
den Reim erfordert sind.

Die lat. Vorlage hat hier: Erantque ei tria milia pueri qui zonis
cingebantur aureis et sericis induebantur vestimentis. Hic namque erat
iustus et misericors.

71. *pflege* Haupt zu Engelh. 3762.

74. auch Oberl. Gloss. 1205.

pfelle und *sîden* bezeichnen dasselbe, wie schon Oberl. in einer
Anm. hinzufügt: pallium sericum per ἓν διὰ δυοῖν.

78. *muoste* = videbatur.

79. K. gebraucht sowohl die Form *palast*, wie *palas.* Wolff zu
H. B. 208 sammelt alle Stellen.

80. *liebste*, das A hat, durch das vorausgehende *liep* veranlasst.
beste = nobilis, eine Art Titel.

Pantal. 1535 *die besten alle von der stat.* Troj. 3272 *und er in*
mîner hoveschar — der beste heizen müeze. Troj. 3884 *des heten*
bêdenthalp gesworn — die besten ûf ir eide. Trist. 5726, Greg. 196 *die*
besten von dem lande.

82. Troj. 25749 *hûs in den lüften halten.*

83. derselbe Vers 1365.

84. Lat. Vorlage: Tres per singulos dies mensae parabantur in
domo cius.

85. Haupt zu Engelh. 236 über die Verbindungen der geschwächten Formen *dar* mit vokalisch anlautenden Adverbialpräpositionen.

90. Beispiele für ähnliche Anwendungen von *kunde* führt Wolff zu H. B. 54 an.

92. 92—93 auch Oberl. Gl. 967.

Zu *lintsœlic* cfr. Haupt zu Engelh. 134 u. 2647.

93. Engelh. 4507 *und der verwizzen Engelhart.*

102. Trist. 6083 *und iuwer edelen kindelin — diu iuwer wunne solten sîn.*

107. Partonop. 4111 *sunder allen spot.* Engelh. 6075 *sunder allen trôst.* Troj. 1595 *sunder allen mein.* Troj. 3883 *sunder allen zorn.*

In Erwägung zu ziehen wäre auch folgende Konjektur, die sich A nahe anschliesst; *diu zwei besunder, âne spot.* Denn eine derartig gebäufte Redeweise entspricht durchaus K.'s Stil. Engelh. 665 *von disen zwein besunder.*

108. *rîchen* durch das folgende *rîlich* veranlasst cfr. 65, 439.

110. Troj. 440 *dar umbe daz.*

111. Wolff zu H. B. 228 sammelt Worte auf — *lîn.*

112. Beispiele für diese Anwendung von *solte* bei Wolff zu H. B. 232. Schwanritter 13 *ir erbe solde sîn.*

113. Hahn, Otto mit d. Barte Anm. 58 ist der Meinung, dass *gülte* bei K. nur Einkommen, Einnahme heisst.

Beispiele für unflektiertes *manecvalt* nach Subst. bei Wolff zu H. B. 377. S. 167.

114. Haupt zu Engelh. 444: K. gebraucht *wunder* häufig ohne *ein.* cfr. Wolff zu H. B. 72. Aehnliche Konstruktionen überaus häufig bei K. z. B. Partonop. 309 *Durch die vil hôhe edelkeit, — der wunder was an in geleit.* Partonop. 7531 *und von der hôhen wîsheit, — der wunder ist an iuch geleit.* Partonop. 17815 *und ouch der lichten schônheit, — der wunder was an in geleit.*

S schiebt ein:

> Die frǒw minnenkliche
> Batt got vō himelriche
> Das er si gewerte
> Des ir hertze gerte
> Si machet manig bildelin
> Geschaffen als ein kindelin
> Von silber und von golde
> Dz si geben wolte
> Zǔ gottes hǔsrō werden
> Durch das sie uff erdan
> Got gewerte dz si sǔchte
> Vnd das er geruchte

Mit helffeberenden sachen
Ir hertze fro machen
Und ineu geruchte ein kind gebē
Dz noch erfröwen sölte ir leben.

122. Beispiele für ähnliche Verbindungen mit *genant* bei **Wolff**
zu **H. B. 299.**

S schiebt nach 122 ein:

Dz was edel und vin
Wann si es von gott hattē gegert
Die edel fröwe werd
Wart eines sunes schwang‘ do
Des wurdent si innenklichen fro
Die fröwe vnd enfemiau
Vnd da die fröwe ergangen kam,
Das si geberē solte
Wañ es gott selber wolte
Si gewan ein schönē sun
Der was ineu allen wilkom
Mā hies iū töffen da zehaut
Allexius wart er genant
Ein āme ward im geben sid
Die pflag sin schon ze aller zit
D‘ amān wart vil wol getan
D‘ herre enfemiā
Hies ir pflegen schone
In sinem huse frone
Ir wart gegabet dik wol.
Vō hochē herren als mā sol
Amān gabē da si sint
Die da pflegent hocher fürsten kind
Das kind wuchs uil sere
Selde zucht vnd ere
Die wüchs im̄ öch alsam
Vil gerne er sich ira an nam.

124. Dass ich hier von A abgewichen und J und S gefolgt bin,
glaube ich durch die zu V. 69 angeführten Beispiele rechtfertigen zu
können. Auch ist auf diese Weise die Anknüpfung des Satzes mit *daz*
in 125 natürlicher. Partonop. 9916 *er was gcheizen Fursîn — und hete
gar an sich genomen — swâ mite ein jungelinc bekomen — ze ganzer
werdekeite mac.* Troj. 11548 *er hete schiere an sich genomen.* Troj.
13576 *er hât die kraft an sich genomen.* Partonop. 6538 *und hete fröude
an sich genomen — nâch sînem ungemache.*

125. Ueber *begunde* und *begonde* cfr. Bartsch zu Partonop. 328.

126. Die Verbindung von *herze* und *sinne* überaus häufig. So findet sich derselbe Vers Partonop. 938. 19506. Troj. 7681. 16839. 19899. 26637. 27393. *mit herzen und mit sinne* steht Troj. 733. 3115. 3321. 7975. 17273. 18607. 19899. In ähnlicher Weise sind beide Worte vereinigt: Partonop. 2908. Troj. 27957. 28697. 29413. 29769. 35385. 35841. 38187. 38201. 38598. 38821. Auch bei Gottfried Tristan 910. 914. 11911. 12525. 12947. 13767. 14056. 17753. 18135. 19055. 19184. Ferner Erec 9185. Arm. Heinr. 1202. Büchl. I 33.

129. 205 ist der Vers wiederholt. 311 *an lîbe und an gebærde*. Beide Formen häufig. Ersterer Vers z. B. Troj. 691 und 7297 (wo wie hier *der edel und der clâre* folgt.) 7585. Trist. 4030. Mit der Präposition *mit* Troj. 25650. Die zweite Form Troj. 829 und 717 (Präpos. *mit*).

131. Troj. 15210 *wirt si ze schuole hie geleit*.

136. Trist. 8071 *ze lobelîchem prîse*.

137. Pantal. 110 *geblüemet stuont sîn reiniu jugent*.

138. Partonop. 11500 *er was der êre ein bluome — unde ein spiegel rîcher tugent*. Aehnliche Verbindungen mit *spiegel* häufig. Partonop. 3925 *ein spiegel hôher wirdikeit*. Partonop. 14703 *ein spiegel hôher êren*. Partonop. 16613 *unde ein spiegel hôher tugent*.

141. Partonop. 7615 *inwer hôhez leben*.

142. Arm. Heinr. 56 *im was der rehte wunsch gegeben — ze werltlîchen êren*.

147. Z. f. d. A. 4, 400: *und eine*.

148. 148—149 auch Oberl. Gl. 185.

Partonop. 805 *an im brast al der sælden niht, — die man an menschen lîbe siht*. Trist. 258 *an ime brast aller tugende niht — der herre haben solde*.

151. Zahlreiche Belege für diesen bildlichen Gebrauch von *brennen* bei Wolff zu H. B. 286. Pantal. 162 *sîn herze in gotes minne bran*. Partonop. 1536 *doch wizzet daz sin herze bran — nâch ir minne sam ein kol*.

153. Ueber die Form *fizer* cfr. Haupt zu Engelh. 179.

156. Gold. Schm. 391, 652 *mit genuht* cfr. Haupt zu Engelh. 2913.

158. Gold. Schm. 370 *dîn reinez herze, tugende vol*.

160. cfr. 800, 572.

161. auch Oberl. Gl. 846.

Partonop. 16712 *er ist von hôher art geborn — und ouch von küneges künne*.

162. Wolff zu H. B. 2 zählt Beispiele für *als ich ez las* und ähnliche Phrasen auf cfr. auch Trist. 1798. 2127.

166. Beispiele für *wol getân* bei Wolff zu H. B. 102. Partonop. 7865 *nâch wunsche wol getân*.

167. *ûz der mâze* findet sich z. B. Troj. 22536. 34553. Trist. 5002. 11092.

168. Partonop. 9914 *mit lobe ich iemer kræne — daz leben und den namen sîn.* Troj. 1392. 6790. *den ich mit lobe kræne.*

169. Die Verbindung von *leben* und *lip* ist eine sehr häufige, auch bei Gottfr. Engelh. 763 *ir werdez leben unde ir lip.*

170. *êlich* bei *man* und *vrouwe* cfr. Wolff zu H. B. 470.

173. Ueber die Form *genædec* cfr. Haupt zu Engelh, 2647 S. 274 u. Muth § 28.

176. auch Oberl. Gloss. 112 (über *bejaget* cfr. Einleitung S. 8).

Partonop. 7300 *er hete an fröuden vil bejages.* Partonop. 10206 *an ungemüete vil bejages.* Partonop. 12705 *an êren horte vil bejages.* Partonop. 15480 *an êren vil bejages.* Troj. 14556 *wan diu götinne Pallas — enpfienc dar inne vil bejages.*

178. Partonop. 17401 *und ein sô rîlich hôchgezît.* Troj. 11311 *daz rîlîch und daz schœne cleit.* Trist. 18150 *si hiez ein bette dar zehant — rîlich und schœne machen.*

S schiebt nach 179 ein:

> Semit vñ pfeller uff das grüne gras
> Vil harte schon wart geleit
> Als mir die warheit hatt geseit
> Allexius stůnd öch dar by
> Vil gar alles můttes fry
> Do diss alles ergangen was.

183. Sant Nicolaus, Einleitg. XIII: K. sagt *wunne* und *wünne* nebeneinander.

185. Gold. Schm. 1194 *aller tugende schîn.*

192. A muss, wie ich glaube, trotz der Nachlässigkeit der Konstruktion beibehalten werden, zumal es durch S unterstützt wird und sich die Verbesserung, welche der Schreiber von J vornahm, leichter erklären lässt, als das Umgekehrte.

193. Haupt schrieb *gadem.* Doch schon Pfeiffer, Germania XII S. 43 bemerkt: nicht *gadem,* sondern *gaden,* wie zahlreiche Reime beweisen, ist die bei Konrad übliche Form. Einige Beispiele für solche Reime wären: *schaden : gaden* Part. 1365. 1475. 1481. 7105. 7491. 8573. 9573. *gaden : geladen* Partonop. 2569. 6912. 9421.

194. Dass K. gerade hier nachlässig war, zeigt auch der Wechsel des Subjektes durch *er,* das augenscheinlich Alexius bedeutet. Beispiele für *sich heben* bei Wolff zu H. B. 183.

197. Ueber *keiserlich* cfr. Haupt zu Engelh. 863. So wird auch die Jungfrau Maria bezeichnet Gold. Sch. XXXVIII und 947 *keiserlichiu fruht.*

198. Partonop. 8750 *an ir stuont schœne bî der zuht.* Partonop. 11142 *an ir lac schœne bî der zuht.*

200. 200—201 Oberl. Gl. 474.

201. Wolff 5 führt alle Stellen an, wo dieser Reim *garwe : varwe* vorkommt. Partonop. 5210 *sîn lîp nâch wunsche wart bekleit.*

203. Partonop. 6550 *durchliuhticlicher êren schîn.* Partonop. 6474 *sîn lop durchliuhticlichen schîn — wart über al dô gebende.*

204. Eine Wiederholung von *gar* ist, wie bei dem von K. so beliebten Parallelismus zu erwarten wäre, nicht nötig. Allerdings wäre bei allen von mir angemerkten Beispielen Ergänzung eines zweiten *gar* möglich. Partonop. 5450 *gar edel unde süeze.* Part. 6515 *gar hövesch unde kurteis.* Part. 7915 *gar seltsæn unde wilde.* Part. 10584 *gar heiter unde schœne.* Part. 14767 *gar edel unde minneclich.* Part. 17687 *gar edel unde rîche.* Part. 17872 *gar michel unde kreftic.* Part. 18257 *gar michel unde frech.* Troj. 6697 *gar lûter unde silberwîz.* Troj. 6738 *gar nîdic unde bitter.* Troj. 15513 *gar seltsæn unde wilde.* Troj. 22321 *gar lützel unde cleine.* Troj. 25141 *gar michel unde manger slaht.* Troj. 32239 *gar lützel unde selten.* Troj. 36329 *gar bitter unde strenge.* Troj. 39370 *gar edel unde reine.* Schwanr. 15 *gar lützel unde kleine für.* Gold. Schm. 989 *gar edel unde reine.* In allen übrigen Werken K.'s habe ich kein Beispiel finden können. Demgegenüber finden sich nur folgende Beispiele einer Wiederholung des *gar:* Troj. 24958 *gar michel und gar græzlich.* Troj. 24999 *gar seltsaen und gar wilde.* Troj. 27726 *gar lützel und gar kleine.*

Gerade die vorliegende Stelle scheint mir die gemachte Beobachtung zu bestätigen, dass jüngere Schreiber gern solche Wiederholungen einschmuggeln.

Ueber *vîn* Wolff 227. Troj. 6761 *edel unde fîn.*

207. Troj. 1700 *mit êren wol geblüemet.* Troj. 6552 *geblüemet stuont sîn reiner sin — mit hôhen êren ûz erlesen.* Troj. 7422 *mit êren und mit reiner zuht — geblüemet was ir werdiu jugent.* Troj. 15213 *geblüemet wirt nâch êren.*

215. Bartsch zu Partonop. 16678 *brennet* für *brinnet* ist nicht denkbar.

220. S schiebt ein:

Er sprach uil liebes hertze drut
Du solt wesen gottes brut
Wann er dich öch geschaffen hatt
Vernim vil liebe minē rätt
Wie ich nit wiser sinnen han
Es mag dir doch wol ze gütt ergan
An dem der dich geschaffen hatt
Vff des gewalt statt

Die erde wasser vnd mer
Vnd himels craft
Vnd der heiligen gesellschaft
Du solt uil gar die sinne din
Keren an die sinne sin
Las dine oren niemer gehören
Das yem' muge zerstören
Diner sele reinikeit
Böse gedenk sigent dir leid
Die ögen süllent nidersechen
Vnd vm̄ sich nit wite spechē
Wann si das hertzen venster sind
Darūm du uil liebes kind
Ir uil genotte hütte
So macht du din gemütte
Dester bas bezwingē
Ze tugentlichen dingē
Nū hörte von dem sinne din
Der so uil wol bewaret sin
η essenkliches (l. vermessenliches?) lachen han
Vnd dz nit von herczen gan
Hinder red vū spott
Solt du miden durch gott
Diner hende habe pflicht
Das si böses merkent ichez
Wūrkē oder pflegent
Sich öch dz an bösē wegē
Din füsse gegangē niemer
Vnd flisse dich des yemer
Das du gerne wellest lan
Das wider gott sige getan
Du solt nemē genote war
Der siben höptsündē gar
Das du si midest alle
Wann si sint der sele galle
Hoffart und trakeit
Vnd vnküscheit vnd frascheit
Mide gittikait vnd zorn
Von disen wirt die sele verlorn
Du solt öch durch den richen gott
Behaltū wol die zechen gebott
Das erst ist rechter glöben pflicht
Das ander ūppig schwerē nicht

Das dritte uil wol geweſē mag
Viren die ge *l* anunen (l. gebannen) tag
Das IIII sol dich leren
Vatter vn̄ mutter erē
Dz fünfte wil des nicht enben (l. enbern)
Du solt nicht vnrechtes guttes gern
Dz sechste als ich han gelesen
Du solt niemns valtscher gezûge wesen
Das VII als ich mich uerstā
Du solt niemā ze tode erschlan
Das achtent gebott dz gert
Das dir alle vnrecht sigent vnwert
Das ist des libes blôde
Und des libes schrôde
Das VIIII nůnde gebott also gicht
Du solt din e brechē nicht
So ist das zechent gebott
Dz dir hat gebē gott
Du solt niemans gůttes begerē
Welle er dich sin nit gewerē
Was sol ich dir sagen me
Das ist die rechte gottes E
Von hertzē und von sinnen
Für alle ding gott minnē.
Als dich do diss gesprach allexius (l. Alexius gesprach)
Do antwurt im̄ die rein vn̄ sprach
Zů im alsus
Do ir ein brediger woltē sin
Was woltent ir do herre min
Warūm liessent ir mich nit gůtter
Minem vatter vn̄ miner můtter
Vnd werent ir ein gůtter man
So hettent ir vil wol getan
Allexius redtte fürbas
Vil hertze liebe sichst du das
Wie die kerczē brunnent
Vnd wie die tropffen růnnent
Hin nider zů der erden.
Dar zů müssent wir ôch werden
Des mugent wir nit entwenkē
Dar an solt du gedenkē
Vnd diene gott drut gespil
Wann er dir wol lonen wil

Wenn sich der tag erholt
Daz du min lieb ersterben solt
Vnd du des nit entwenken macht
Mit keiner hande ding geschlacht
Din fründ behaltent dich nit einen tag
Für war ich dir das sagen mag
Si jlent dich uff erhaben
Vnd in die erden si dich begrabē
Da hast du vinster inne
Dz nim in dine sinne
Hast du denne gott gedienot
So wirst du nit des tûfels spott
So nim er dich an sin hand
Vnd fûrt dich für den heÿland
So komet denne die wandels frÿe
Min frow sant marie
Mit schöner venie
Der engel samnunge
Empfachent dich uil süsse
Mit sölichen grůssen
Da du denne ewenklichen
Lebest in dem himelrich
Da du von ögē ze ögen
Gott schöwest ane lögē
Do sprach die maget luchsam
Gottes wille můsse ergan
An uns beiden allwegē
Vnd můsse v̇ns han in siner pfleg
Vrlob er do gerte
Vil kum si im des da gewerte
Si gab im an ein gůtt vingerlin
Behalt das lieber herre min
Das empfieng er von ira do
Das wart er uil fro
Vn̄ riet ira do zeleste
Was er gůttes wůste (l. weste).

221. Dieser Vers wäre den von Wolff zu H. B. 109, 110 angeführten Beispielen von *sich gevlîzen* hinzuzufügen. Troj. 6676 *daz dû daz beste râtest mir, — des dû dich geflîzen kanst.* Troj. 18174 *daz beste hân ich ir getân, — des ich geflîzen kunde mich.* Engelh. 3579, 3771 *des ich geflîzen kunde mich.* Troj. 20534 ... *daz beste, des ich kan geflîzen mich.*

226. 226—227 Oberl. Gl. 542.

Partonop. 12186 *dâ von dir daz getiusche — der minne ist un-erkennet.* Troj. 894 . . . *ir getiusche, — dâ mite si die welt betrügen.*

229. *ze jungest* belegt bei Wolff 75.

232. 232—234 Oberl. Gloss. 933.

Einen Ring beim Abschied zu geben, eine häufig sich findende Sitte. So Iwein 2945 beim Abschied von Luneten — *unde lât ditz vingerlîn — ein geziuc der rede sîn.* Herzm. 181 *enphach von mir diz vingerlîn.*

235. Oberl. Gl. 16.

239. Beispiele für *wonen bî* bringt Wolff zu H. B. 170. Zu diesem Vers cfr. Anm. zu 51.

240. Ueber *sunder bar* cfr. Haupt zu Engelh. 182. In Lexers Wörterbuch ist es bei keinem klassischen mhd. Schriftsteller belegt.

241. Oberl. Gl. 168 und 1847.

242. Oberl. Gl. 263.

243. Pantal. 2002 *mit herzenlichen riuwen.* Partonop. 6662 *daz du dîns herzen riuwe — vor mir langer niht verhelst.*

247. Für *tougenlîche* spricht V. 239. Auch giebt es einen besseren Sinn, als *tugentlichen.* Daher bin ich von A u. J abgewichen.

250. Z. f. d. A. 4, 400 unde im gerne.

Haupt zu Engelh. 444: *mîns, dîns, sîns, eins, keins* sind bei K. sehr häufig und nur von der vorletzten Silbe stumpfer Verse verbannt.

255. Partonop. 1046 *dar ûf in dô sîn wille truoc.*

258. Trist. 18417 *nu was er aber unlange dâ.*

262. Gold. Schm. 1087 *Jêsum Krist, — der an der schrift geheizen ist.*

263. Vergleiche dazu denselben Städtenamen 303. Haupt schreibt *bescheidenlîche,* lässt also die zweite Silbe von *Êdissâ* Hebung und Senkung tragen und nähert sich so der Betonungsweise von V. 303.

270. Beispiele für *geslaht* in seinen verschiedenen Stellungen bei Wolff 222. Es steht stets im Reim.

276. Gold. Schm. 138. Troj. 4692 *mit reinem willen.*

278. S scheint das Wort *quelen* nicht zu kennen, denn auch 419, wo A und J *quelte* haben, setzt S ein anderes Wort ein, ebenso 429, wo allerdings auch J *quelen* nicht hat.

279. Derselbe Vers Alex. 632. Part. 3917. 9741. 9921. Troj. 6099. 6609. 7988. 8195. 14865. 15487 (mit vruo) 15593. 17087. 17719. 18803. 38906. Hart. v. Aue, Büchl. I 691.

282. Die Lücke vielleicht dadurch veranlasst, dass 4 Zeilen hinter-einander mit *daz* anfangen.

286. Oberl Gl. 325.

Wolff 252 führt alle Stellen an, wo *enwec* vorkommt.

297. Trist. 16782, 18365 derselbe Vers. Partonop. 9603 *mit jâmer und mit maneger nôt.* — *Partonopier an fröuden tôt.*

298. Engelh. 1964 *si wâren beide an fröuden tôt.* Part. 9120 *sîn herze tôt an fröuden was.* Troj. 2814 *vrô Jûnô und vrô Pallas — die wurden beide an vröuden tôt.* Troj. 14877 *an fröuden unde an êren tôt.*

299. Silv 1370. Troj. 9443 *durch sîne leiden hinevart* cfr. auch Alex. 1141. *hinvart* nicht „Abreise", sondern „Reise von einem Ort zum andern". Hahn, Otto zu 481. Haupt schreibt *leiden.* Doch steht nach Paul, Mhd. Gr. § 226, 4 nach dem Possessivpronomen die starke Form im Nom. u. Acc. Sg. fast ausschliesslich.

303. Oberl. Gl. 245.

313. Ueber *entschepfen* cfr. Haupt zu Engelh. 5705.

314. Beispiele für *schîn* sammelt Wolff zu H. B. 58.

320. Troj. 10050 *vür wâr ich iu daz sagen mac.* Iwein 6997 *ouch sî iu daz vür wâr geseit.* Arm. Heinr. 710 *daz sî iu für wâr geseit.*

323. Pantal. 653 *got herre, dîne magenkraft.*

326—327 Oberl. Gl. 141.

329. *almuosen* ohne Senkung zu lesen, scheint mir bei K. ganz unbedenklich cfr. Engelh. 549 *zuokünfte.* 374 *éllénde* u. s. w.

335. Troj. 20967 *ze sælden und ze fromen.*

336. S schiebt ein:

> Las dir öch gott beuolen sin
> Den vatter vn̄ die mûtt' min
> Gott der reinen mariē drut
> Der beuil ich hut mine brut
> Herre got du las des niht
> Du habest si in diner pflicht
> Vnd die cristenheit uil gar
> Soltu nemē genotte war
> Hilf das si da selig wesē
> Vn̄ an der sele dórt genesen.

344. Herzm. 240 *des wart sîn herzeclîchiu pîn — vil strenge und ouch vil bitter.*

346. 346—347 Oberl. Gl. 28.

351. Derselbe Vers Pant. 1384. Partonop. 1189. Trist. 15539 *mit sorgen und mit leide* Iwein 4417 *vor leide und vor sorgen.*

352. *blanke hende* Engelh. 553. Troj. 1780. Otte 63.

353. Die zahlreichen Belege für *begunde,* das nur zur Umschreibung des pract. dient, finden sich bei Wolff 64.

354. Beispiele für enjambement zwischen Adjekt. und Subst. giebt Wolff zu 84, S. 99. 366 führt er alle Stellen an, wo *linde* vorkommt.

355. Ueber die Flexion von *wange* cfr. Anz. f. d. A. XIII 238.

358. *swern bî* Wolff 404.

362. Haupt schrieb *war hin* und Pfeiffer wollte Germ. XII 43 dies als unmittelhochdeutsch getilgt wissen und der Lesart von S folgen. Doch steht in A und J *wâ hin* und dies schreibt Gottfried z. B. Tristan 11593 *i'n weiz wâ hin.* Ferner Iwein 1485 *wâ wolt ir hin.* Wigalois 5516 (Ausgabe von Benecke 1819) *wâ wære du hin.*

364—365 Oberl. Gl. 1854.

365. Partonop. 14715 *und in den muot versigelt sîn.* Pautal. 276 *versigelt wart der sücze Crist — mit kunst in sîn gemüete dô.*

Die Frage, ob K. das flektierte Possessivpronomen *ir* gebraucht hat, ist strittig. cfr. Weinhold Alem. Gr. § 417. Mhd. Gr. § 481. Wolff S. 86, der auch die Ansichten von Bartsch und Roth anführt. Unsere Stelle kann für diese Frage keinen entscheidenden Beitrag liefern. Doch könnte der Umstand von Bedeutung sein, dass sich das Possessivpronomen in der besten Handschrift findet cfr. ebenso 769. 1094. 1169. 1213.

369. Troj. 28803 *swaeher : wæher.*

371. Eine zufällige Uebereinstimmung von J und S ist hier wohl kaum möglich. Daher bin ich von A abgewichen.

373. Die lat. Quelle hat: non egrediar de domo tua.

374. Zu *vriunde* cfr. Haupt zu Engelh. 3869.

376. 376—383 Oberl. diatr. 11.

Eine im Mittelalter verbreitete Sage cfr. Herzm. 248 *der reinen turteltûben art — tet er offenlîche schîn, — wan er nâch dem leide sîn — vermeit der gruenen fröiden zwî — und wonte staeteclîche bî — der dürren sorgen aste.* cfr. Parciv. 57,10, Flore 1476.

381. Wolff zu H. B. 38 führt alle Stellen an, wo *zwî* und *zwîc* vorkommen.

383. Derselbe Vers 797. Troj. 7980. Ferner Partonop. 6610 *sîn herze von ir minne bran — in jâmer und in sender klage.* Troj. 20427 *in jâmer und in sender klage.* Troj. 5365 *jâmer unde sende clage.* Herzm. 293 *mit sender clage.*

385. Mit Ausnahme von Troj. 16375 steht *vrisch* immer im Reim. Wolff 89. S. 99.

386. *sich ziehen ze* vor Gericht als sein eigen nachweisen. Dies könnte einen Beitrag zu den technisch-juristischen Ausdrücken K.'s liefern, welche Rich. Schröder Z. f. d. A. XIII 136—161 aus dem Schwanenritter anführt.

390. 390—393 Oberl. Gl. 1904.

390. Wolff zu H. B. 323 führt alle Stellen an, wo *strenge* vorkommt. Troj. 38264 *si leit vil strengen smerzen.*

393. Herzm. 326 *der reine und der vil süeze got.*

395. Partonop. 8841 *die wîle unz ich daz leben hân.*

396. Part. 6378 *ir sprechet, ich sî komen abe — triuwen unde stactikeit.* Partonop. 8270 *ich bin der êren komen abe.*

398. Die Hinzusetzung von *vil* zu *keiserlich* zeigt deutlich, dass es zu einem einfachen lobenden Adjektiv geworden ist, (Haupt zu Engelh. 863) was von J und S wohl nicht verstanden wurde.

405. Pantal. 33 *mit maneger nôt.*

409. Gregor. 2769 *sô daz er sînes gebetes phlac.* Greg. 3048 *sînes gebetes er phlac.*

407. *lîpnarunge* Troj. 535.

411. Silv. 354 *mit kiuschem munde rôsenrôt.* Pant. 258 *ûf tet er sînen kiuschen munt.* Pantal. 1086 *sîn kiuscher und sîn rôter munt.*

412. Partonop. 9728 *er wart biz ûf der sêle grunt — leides vil genoetet.* Herzm. 257 *dranc biz an der sêle grunt.* Troj. 22608 *beswœret ûf der sêle grunt.* Gold. Schm. 1500 *er senket sich biz an den grunt — der sêle zeiner spîse.* Engelh. 2034 *unz ûf der sêle grunt.*

418. *billich unde reht* sehr häufig z. B. Pantal. 1492. Partonop. 12048. Troj. 5502. 16567. Umgestellt in Erec 7759 *reht unde billich.*

426. 426—427 Oberl. Gl. 531.

427. Partonop. 418 *dâ von ir muot und ir gerinc — stuont ûf loufen deste mê.*

431. Wolff zu H. B. 7 führt alle Stellen auf, wo *volleclîche* vorkommt. Part. 9698 *der süeze unwandelbœre — vertreip dô volleclîche ein jâr.*

432. Dass bei K. auch die Form *offenbar* vorkommt, zeigt Partonop. 8398, wo es im Reim auf *gar* steht. cfr. auch die Anm. dazu.

440. Die Adjektive, zusammengesetzt mit *var* und *gevar*, bei K. ausserordentlich beliebt.

441. Derselbe Vers 1361. — Partonop. 639. 1126. 1203. 2611. 17157. 17201. Turnei 866. Troj. 7282. 9041. 12087. 12751. 14574. 16395. 17505. 19473. 26447. 28175. 35264. 37540. 40141. Trist. 13124. Greg. 723. Herzm. 306 bringen teils genau denselben Vers, teils denselben mit der Präposition *mit.*

446. Otto 388 *Uns seit von im diu wâre schrift.* Troj. 7232 *uns seit von ir diu wâre schrift.* Troj. 17456 *uns seit von im diu wâre schrift.*

451. Iwein 8024 *dâ sî an ir gebete — ir vrouwen alters eine vant.*

454. Troj. 36468 *got in den himelkoeren.* Trist. 7650 *in sînen himelkoeren.*

458. Derselbe Vers Alex. 1054. Arm. Heinr. 1416. Herzm. 18. Engelh. 1224.

460. Wolff zu H. B. 44 führt zahllose Belege für *ûzerwelt* in allen seinen Anwendungen und Stellungen an. Im Alex. findet es sich noch 143. 341. 408. 583. 1211.

461. Troj. 6730 *erhoehet ûf der erden.*

463. Bartsch zu Partonop. 10687 *offenbœre* neben *offenbâr* sei bei K. nicht mit Sicherheit zu belegen.

466. Hier scheint mir die Uebereinstimmung von J und S ausschlaggebend zu sein. Auch stellte ich eine Untersuchung an, ob K. es liebt, zwei durch *und* verbundene Adjekt. ohne Präpos., Artikel oder Pronomen vor das Substant. zu stellen. Dabei fand ich nur folgende wenige Beispiele: Engelh. 3683 *manlichen unde vesten muot.* Silv. 227 *edeln unde reinen muot.* Silv. 4383 *schoene unde lobelîche fruht.* Silv. 5097 *strenge unde marterlîche nôt.* Troj. 1413 *ganzen unde vollen glanz.* Troj. 1561 *rein unde hôhe trûtschaft.* Troj. 5325 *trüeb unde clegelîche sene.* Troj. 7894 *krank unde tumbe sinne.* Troj. 13556. 33572 *vrech unde starke liute.* Troj. 17581 *erwelten unde reinen glast.* Troj. 17668 *lieht unde vremde steine.* Troj. 19163 *stark unde veste mursel.* Dazu noch einige Beispiele, in denen es zweifelhaft ist, ob das erste Glied Substant. oder Adjekt. ist. Jedenfalls liebt K. diese Konstruktion nicht.

468. Troj. 4617 *Die geste michel wunder — der rede nam besunder.* Troj. 8119 *Der rede nam dô wunder — den werden gast besunder.* Gregor. 1859 *des nam sî besunder — alle michel wunder.* Erec 4848 *dô nam sî besunder — alle michel wunder.* Erec 4938 *dô nam uns wunder — alle besunder.* Arm. Heinr. 1071 *Des nam in michel wunder.*

469. *herze* und *muot* sehr häufig mit einander verbunden, teils mit der Präposition *in*, teils mit der Präposition *an* z. B. Pantal. 381. Partonop. 119. 2532. 4699. 4851. 10192. 10247. 10565. 11021. 11659. 12081. 12097 und öfter. Troj. 4653. 7864. 9219. 15954. 17853. 19659. 28679. 29025. 29599. 33996. 34871. 37913. 38915. Tristan 569 *daz herze und al der muot.* Trist. 746 *herze unde muot.* Trist. 1521 *mîn herze und allen minen muot.* Trist. 15764 *al sîn herze und al sîn muot.*

470. Ueber *lobesam* cfr. Haupt zu Engelh. 1185.

472. Haupt braucht hier die bayrische Form *kom,* wie noch öfter.

474. Engelh. S. 244. ff.

476. Gold. Schm. 1180 *daz si dîn wolten vâren — mit unkiusches herzen gir.*

477. Partonop. 148 *daz man die kunst sô kûme siht — mit willeclichen ougen an.*

479. Partonop. 6726 *ir antlitz unde ir angesiht — mir beide fremde worden sint.*

500. Pantal. 1563 *ûf den erwelten gotes kneht.*

511. Joseph in seiner Ausgabe der „Klage der Kunst" S. 53 will mit J *hôher* schreiben, da es K. widerstehe, dem mit Epitheton versehenen ersten Gliede das zweite ganz unbekleidet folgen zu lassen. Doch 1. A hat öfter *er* für *en,* aber umgekehrt nie. 2. *hôh* ist ein bei *prîs* häufiges Beiwort. 3. Joseph lässt u. a. zwei Ausnahmen seiner Regel gelten (Troj. 14528. 26589), in denen sich die abweichende Stellung erkläre, weil durch sie der Hiatus vermieden werde. Dasselbe ist nun hier der Fall. 4. mag *vil* (cfr. Joseph S. 54. 57) von Einfluss gewesen sein.

513. Dieser bei K. ausserordentlich beliebte Vers auch bei Hartman, Erec 6525 *beide stille und über lût.*

516. Partonop. 3674 *si wolten gerne mîden.*

518. Oberl. Gl. 563.

526—527. Oberl. Gl. 1758.

531. Partonop. 12732 *nu daz er ûf daz wazzer hie — geschiffet was.* Part. 11768 *diz lobte si der keiserîn — mit willen unde kam zehant — hin heim geschiffet in ir lant.*

532. Derartige Unterbrechungen und Berufungen auf schriftliche und mündliche Zeugnisse führt Wolff zu H. B. 340 an.

543. Haupt schrieb: *unde nam des rehte war — daz er gein Rôme füere dar.* Doch darf der Vers 544, der in allen drei Hdsch. gleichmässig überliefert ist, nicht angetastet werden. Die von mir in den Text gesetzte Konjektur können vielleicht folgende Stellen rechtfertigen: Partonop. 9002 *hiute sprâchen iuwer wîp — ir hætent an im missevarn. — und dô si dô begunden warn — der manicvalten schônheit.* Partonop. 16580 *dar nâch begunde er denne warn — des soldânes tougen.* Part. 20546 *der küene fürste Markabrê — Alîses dô begunde warn, — der im dort sîner swester barn — ersluoc.* Troj. 11788 *ê daz man des beginne warn.* Troj. 25272 *und er begunde ir künfte warn.*

545. Beispiele für *denken wider* bei Wolff zu H. B. 56.

546. 546—548 Oberl. Gl. 1604. Herzm. 170 *sô dich her wider hât gesant.*

553. Part. 393 *von im und dem gesinde.*

555. Troj. 8560 *sîn vröude wart verswendet.* Engelh. 2194 *wie ich muoz tougen swenden — sô jæmerlichen mîniu jâr!* Lied. 32, 283 *verswende ich aber mîniu jar, — diu sint mir iemer tiure.* Herzm. 502 *ich sol mit sender herze nôt — verswenden hie mîn armez leben.*

556. Gold. Schm. 1606 *des lâz uns werden hie gewar.*

561. Schon Wolff zu 281 sammelt Beispiele für denselben Vers oder solche, wo *ger* statt *gir* sich findet. Dieselben führt er noch einmal Anz. XIX S. 155 Anm. 1. an: Part. 218. 2450. 6382. 9906. 16695. 18038. Troj. 3690. 4873. 12645. Ferner ähnliche Redensarten Trist. 3706 *vil maneges herzen ger.* Trist. 7520 *nâch ir herzen ger.* Erec 8529 *nâch mînes herzen ger.*

564. cfr. Alex. 1272. Engelh. 5651 *die wîle daz ich mac geleben.* Engelh. 5785 *die wîle daz ich nû gelebe.* Engelh. 5974. 6103 *al die wîle ich lebe.* Erec. 4556. 6040. *al die wîle unde ich lebe.*

571. Pantal. 770 *nû daz die meister ûf der vart — den selben man gesâhen.*

580. *verjehen* belegt bei Wolff zu H. B. 513, 514. Silv. 3647. Partonop. 11921. 17719.

584. Pantal. 1260 *durch sîner hôhen tugende reht.*

586. *bilgerîn* ein sicherer Beleg für den apokopierten Dativ cfr. Haupt zu Engelh. 2493.

600. Lieder 1, 69 *Du woldest sîn ûf erden gast — und ein ellender pilgerîn.*

605. Partonop. 15586 *dô sîniu schoenen ougen — vor mir überliefen — und er vil manegen tiefen — siuften lie von herzen.* Troj. 15924 *vil manigen siufzen er dô lie.* Troj. 17717 *vil manigen tiefen siufzen.*

610. Pantal. 1527 *ze sînem ingesinde.*

613. Pantal. 1773 *mit sîme dienste bî gestê.*

618. Bartsch zum Partonop. 1307: Es wird wohl überall, wo die Hs. *zuo ein, zuo im, in, ir* hat, zu setzen sein *zuo zein, zim, zin, zir.*

621. Engelh. 5268 *daz man sîn doch vil schône pflac — mit guoter handelunge.* Engelh. 5604 *niemen wolte sîn dô war — mit guoter handelunge nemen.* Troj. 576 *si nam sîn vlîzeclîche war — mit süezer handelunge.* Part. 11124 *Partonopier der tugende barn — mit wunsche was berâten — in einer kemenâten — mit senfter handelunge.* Part. 14858 *ich half im alsô balde — mit rîcher handelunge.* Iwein 3053 *mit guoter handelunge.*

629. Z. f. d. A. 3 V. 629 (Haupt) *ieman niht* Z. f. d. A. 4, S. 400 *nieman iht.*

630. Dieser Hiatus vor *unde* ist bei K. wohl erlaubt. cfr. Haupt zu Engelh. 716, S. 245.

641. Derselbe Vers, doch meist *alsô* statt *alsus* Pantaleon 617. 1913. Partonop. 2592. 3245. 7430. 8029. Troj. 2551. 3183. 5441. 7171. 15137. 17869. 27903. 29911. 31978. 32091. 37459. 37728. Lied. 14, 29. Schwanr. 833. Ebenso häufig ist der Vers *mit disen dingen unde alsô (alsus).*

650. Troj. 8562 *si vaht mit sorgen unde ranc.* Troj. 8807 *vaht mit sorgen unde ranc.* Troj. 35758 *in sorgen vaht er unde ranc.*

651. *marterlîch* cfr. Haupt zu Engelh. 2140.

654. 654—657 Oberl. Gl. 1749.

657. Pant. 150 *sang er unde las.* Pantal. 1696 *und alle zît sanc unde las.*

658. Troj. 24262 *an sîn gebet er vallen — begunde nider ûf diu knie.*

664. *herz* und *mund* sehr häufig verbunden, meist in dem Verse *mit herzen und mit munde.* Pant. 1901. 2014. Part. 154. 3075. 4373. 9226. 10414. 20301. Troj. 242. 5695 und sonst oft. Schwanr. 673. 735. 1193. Trist. 99. 6478.

665. Trist. 10830 *keines herzen muot.*

666. *biderbe unde guot* Iwein 4812. 4860. 5582. Büchl. I 1225.

669. Diese Stelle wäre den Beisp. für adverbiales *cleine* hinzuzufügen, welche Wolff zu H. B. 80 anführt.

674. Pantal. 1475 *der reine gotes degen.* W. Grimm, Gold. Schm. XLVII Christus wird genannt *der reine degen,* d. i. Kind.

681. Erec 1465 *manegen trahen.*

685. Die Küchenknechte sind die niedrigste und armseligste Klasse von Menschen cfr. die zu Iwein 4923 und von Martin, Quellen u. Forschungen 65, 70 angeführten Stellen.

686. Oberl. Gl. 1605.

687. 687—688 Oberl. Gl. 858.

692. 692—696 Oberl. Gl. 468.

695. Massmann schrieb *alle tac.* Dazu cfr. Haupt zu Engelh. 2239. Silv. 1440 *alle zît und alle frist.*

698. *under ougen* Troj. 14813. 15578. 20434. Partonop. 17385. Lied. 32, 156. A ist ebenso wie 1210 metrisch nicht möglich. Man wird daher gegen *in die ougen* Misstrauen hegen und, da *under ougen* bei K. nicht ungewöhnlich ist und hier von J und S bezeugt wird, von A abweichen müssen.

Z. f. d. A. 4, 400 *spê* oder *spîte.*

702. Ueber diesen Hiatus cfr. zu 630.

703. Derselbe Vers Partonop. 17804. Troj. 15489. Trist. 3391. 4106. Erec 635 *willeclîcher muot.*

706. Oberl. Gl. 562.

Pantal. 944 *der gotes kemphe reine.* Pantal. 1994 *den gotes kemphen lobes wert.*

710. Pantal. 1576 *sîn verch wol reine und wol gesite.*

714. Oberl. Gl. 562.

726. Paul, Mhd. Gr. § 231. Grimm, Gr. IV, S. 329. Bei Beziehung auf mehrere Wörter verschiedenen Geschlechtes wird in der Regel das Neutrum gebraucht.

732. *wunder wilde* Troj. 869. 3742. 14338. 15912. 20701. 21131. 23076. 29508. 30784. 37672. 40240. Schwanr. 235. Gold. Schm. 1704. 710 *ein wildez wunder* cfr. auch Wolff Anz. XIII 243.

736. Herzm. 279 *daz er niht langer möhte leben.*

737. Das einen Temporalsatz einleitende *dô* wird der Regel nach wieder im Hauptsatz durch *dô* aufgenommen.

Troj. 38105 *Und dô der arge sich versach — daz im ze sterbenne geschach.* Trist. 15475 *dô ir ze sprechenne geschach.* Erec 5871 *daz ir ze sterben niene geschach.* Gold. Schm. 168 *dâ von ze sterben uns geschach.* Herzm. 286 *daz ime ze sterbene geschach, — dô sprach er zuo dem knehte sîn.*

739. *kneht* Jüngling. Engelh. 412 *der kneht vil edel von geburt.*

743. Wahrscheinlich ist dieser Vers mit Auftakt zu lesen. Denn über den Hiatus cfr. zu 630.

752. Partonop. 4764 *mit endelichen buochstaben — solt du betiuten im dâ bî.* Troj. 300 *mit endelicher schrift.*

753. Beisp. für *sîniu dinc* bei Wolff zu H. B. 267.

756. Engelh. 1376 *einen brief, dar an er vant.* Eng. 1380 *daz an dem brieve geschriben was.*

758. Eine Wiederholung des *vil* ist nicht nötig.   cfr. Joseph, Klage der Kunst S. 69 ff.

761. Oberl. Gl. 1604.

Troj. 24080 *der vil starken winde sûs.*

763. Partonop. 12736 *daz er* (der Wind) *daz schiffelîn enwec — gar über sinen willen treip.*

764. cfr. 773 u. Mhd. Wb. 2, 349b Bes. annehmbar erscheint mir diese Konjektur auch deswegen, weil sie dem bei K. beliebten Parallelismus entspricht.

768—769. Oberl. Gl. 698.

769. Da *diet* bei K. fem. ist, so muss *hœte* im Sgl. stehen, trotzdem J und A Plural haben; denn K. verbindet nie einen Sgl. des Subjektes mit einem Plural des Verbs. cfr. Haupt zu Engelh. 2730 ff. Auch 1166 hat A hinter einem Subj. im Sgl. das Verb im Plural.

Beispiele für *gelimph, ungelimph* u. *schimph* giebt Wolff 193, 194.

771. Z. f. d. A. 4 *wo wâren dâ.*

772. Z. f. d. A. 4 *sâ* für *gar.*

776. Durch Tilgung von *hoveman* wird die Bemerkung zu Engelh. 1279 zweifelhaft. Es fällt dann auch „das schöne Bedeutungsspiel des Wortes *hoveman*", wie es Massmann S. 24 erkannt zu haben glaubte. Partonop. 2221 *wie dô gewarp der süeze man.*

778. Part. 9886 *sît daz sich des bekêren — der leide tôt wil niemer mê, — daz er sîn reht an mir begê.* Part. 11364 *der grimme tôt vil strenge — welle an im begên sîn reht.*

781. Beisp. für Bildungen mit *nâch — art* bei Wolff zu H. B. 86.

783. Partonop. 11542 *die mîner hende reine — vil undertœnic müezen wesen.*

784. 784—785 Oberl. Gl. 351.

787. *klage* bedeutet nicht, wie heute, das laute Weherufen, sondern „Leid, Not", da ja Alexius nicht laut gejammert hat.

788. Oberl. Gl. 86 (das Haupt irrtümlich zu 790 setzt).

791. Engelh. 4810 *die hete man ûf dem rîse — niht gehoeret noch vernomen.*

793. Beisp. von dreisilbigen klingenden Reimworten mit kurzer Stammsilbe sammelt Wolff zu H. B. 159, 160. Derselbe Reim, wie hier, z. B. noch Part. 2339. 8645. 12445. 13553. 18291. Troj. 10025. 24165. Auch bei Gottfr. Trist. 16711.

796. Die Stellen, wo *ertrîche* bei K. vorkommt, sammelt Wolff zu H. B. 77.

799. Pfeiffer, Germ. XII S. 45 will hier mit S statt *iuch in* schreiben, denn es sei *der lip* gemeint. Dies ist aber die bekannte Personifikation, welche K. wohl nie durch das folgende Pronomen fortsetzt. Die lat. Quelle hat: Venite ad me omnes, qui laboratis et onerati estis et ego vos reficiam.

801. Pantal. 1067 *von maneger stimme schalle.*

805. Ueber die Form von *lide* cfr. Joseph zu Eng. 2766. Part. 1245 *daz im verzagten alliu lide.* Part. 8319 *sô gar verzagten im diu lider.*

805—807. (Haupt unvollständig) Oberl. Gl. 1795.
Troj. 9635 *viel er dâ nider ûf diu knie.*

811. Hartm. Gregor. 3567 *und geruochet iuch erbarmen — über mich vil armen.*

814. Oberl. Gl. 645.

815. Beispiele für die Verbindung von *schaden und ungemach* Anz. XIII S. 243.

817. Part. 19801 *mit lûter stimme schalle.*

818. Den Auftakt durch die volle Form von *und* herzustellen, ist vielleicht nicht ratsam, da K. es liebt, Reden bes. rufende, wenn sie den Vers beginnen, ohne Auftakt zu lassen. Ueberhaupt, glaube ich, darf man in der Herstellung des Auftaktes nicht zu weit gehen. Ich habe mich in dieser Beziehung streng an A gehalten, auch wo Haupt durch Einschiebung eines Wortes den Auftakt hergestellt hat.

820. Ueber solche Versschlüsse bei K. cfr. Lachm. zum Iwein S. 547 (Haupt zu Engelh. 394). Pantal. 893 — *sîn herre Crist — der gotes sun von himel ist.*

821. Beisp. für Zusammensetzungen mit *siten* bei Wolff zu H. B. 96. S. 103.

826. *an dem* in der letzten Senkung, Haupt zu Engelh. 43 cfr. Alex. 1215.

828. Gold. Schm. 1652. *dô Krist die marterunge leit.*

834. Pantal 1180 *der gotes kempfc trûter.* Pantal. 1614 *den got ze kemphen haete erwelt.*

841 *kômen* ist bayrische Form. Joseph zu Engelh. 3697. Wenn Wolff trotzdem H. B. 31 *kômen dar: nâmen war* schreibt, so scheint dies ein Druckfehler zu sein, da er in der Anm. Beispiele für *kâmen* anführt.

842. Oberl. Gl. 670.
Zu diesem Beiwort cfr. Einleitung zu W. Grimms Ausg. der Gold. Schm. S. XXVII.

843. Part. 18494 *der von ir tiure wart gemant.* Gregor. 3487 *Dô*

er sô tiure wart gemant. Erec 9494 *vil tiure wart ich gemant.* Iwein 4862 *diu tiure manunge.*

845. Trist. 9685 *des bâtens' algemeine.* Troj. 29575 *den bâtens' algemeine.*

853. Partonop. 344 *in einem süezen dône — ir stimme erklungen unde ir lût.*

857. Ueber die Apokope in *hûs* cfr. Haupt zu Engelh. 2493. S. 271.

858. Während K. im allgemeinen die Wiederholung synonymer Präpositionen zu vermeiden scheint (cfr. Joseph, Klage der Kunst S. 66), liebt er den Wechsel von *sunder* und *âne* cfr. ausser den bei Joseph l. c. aus Engelh. angeführten Beispielen. Part. 1441 *sunder slege und âne stôz.* Part. 8406 *sunder mâze und âne zal.* Part. 12977 (Engelh. 4575) *sunder haz und âne zorn.* Part. 13034 *sunder vorhte und âne grûs.* Part. 17241. 18420 *sunder mâze und âne zil.* Part. 18662. 20939 *sunder helfe und âne trôst.* Lieder 32, 9 *sunder ende und âne ursprinc.* Lied. 32, 24 *sunder pîn und âne schranz.* Troj. 2837 *sunder witze und âne hort.* Troj. 8279 *sunder wirde und âne prîs.* Troj. 12874 *sunder stich und âne slac.* Troj. 35934 *sunder mâze und âne zil,* auch Erec 901 *sunder prîs und âne ruom.* Sonst fand ich noch den Wechsel von *in* und *ûf* Troj. 17475. 31451. Silv. 511. 736. 1271. 2073. Gold. Sch. 1037. Part. 17596. 19487. *ûf* und *in* Troj. 889. 3963. 11581. Silv. 1596. Part. 1479. *ûf* und *an* Troj. 4561. 12367. 23561. Silv. 1404. Part. 1947. 4780. 15042. *an* und *ûf* Troj. 18719. Part. 2019. 2075. *an* und *in* Troj. 31120. *in* und *an* Silv. 1077. Part. 3106. *ze* und *in* Troj. 301. 2883. 7891. Gold. Sch. 1381. *bî* und *mit* Troj. 8754. 15382. 30729. *ze* und *ûf* Troj. 2092. 14998. *von* und *ûz* Troj. 7508. *durch* und *über* Part. 436. *von* und *durch* Part. 2839. *bî* und *in* Part. 13074. 13503. *ze* und *an* Part. 18968.

864—865. Oberl. Gl. 320. (Bei Haupt ein Irrtum in der Seitenzahl.)

867. Lat. Quelle: talem gratiam habebas.

870. 870—871. Oberl. Gl. 214.

873. Troj. 2473. 5591 *sô tiure als umb ein cleinez hâr.* Greg. 2135. *alse grôz als umbe ein hâr.* Erec 7521 *niht als grôz als umb ein hâr.* Iwein 7269 *alsô grôz als umb ein hâr.*

875. Lat. Quelle: Et statim vocavit priorem domus suae.

880. Troj. 15513 *gar seltsæn unde wilde.* Troj. 27164 *daz seltsæn unde wilde.* Troj. 24999 *gar seltsæn und gar wilde.* Troj. 27626 *daz seltsæn unde wilde.* Lied. 12, 9 *seltsaen unde wilde.*

885—886. Oberl. Gl. 1931.

889. K. gebraucht sowohl die Form *selber,* wie *selbe.* Troj. 400 *ê tæt ich selber im den tôt.* Part. 21534 *er selbe in grimmer nôt beleip.*

890. Z. f. d. A. 3, S. 562, V. 890 *Arcâdîus.* Z. f. d. A. 4, S. 400 *Arcadîus.*

891. Z. f. d. A. 3 *Honorje* (*historje*). Z. f. d. A. 4, S. 400 *Hônorje*. Doch Reim auf *istôrje*.

892. Gold. Schm. 835 *diu wâre ystôrje*.

895. Z. f. d. A. 3 *maneger*. Z. f. d. A. 4, 400 *manec*.

897. Wiederaufnahme des Subjekts durch das pron. person. bei K. durchaus gewöhnlich cfr. 244. 645.

898. Part. 8684. Troj. 7730. 20564 *nâch edeles herzen kür*.

899. 899—900 Oberl. Gl. 2028.

908. Beispiele für den Gebrauch von *manecvalt* in seinen verschiedenen Formen bei Wolff zu H. B. 377, S. 167.

912. Part. 7490 *dô wart besunder hin genomen*. Part. 14550 *von ir besunder wart genomen — hin dan diu schoene Persanîs*. Part. 18194 *den werden keiser nam er dô — besunder von den liuten hin*. Trist. 9713 *die nam ouch er besunder*.

922. Derselbe Vers Erec 6223.

925. Pantal. 1434 *dar umbe daz si quelten — vil marterlîche sînen lîp*.

929. Trist. 12089 *siuften, trûren unde klagen*.

935. Ein von K. häufig gebrauchtes Flicksätzchen. Gewöhnlich steht aber die Form *mê* z. B. Part. 2267. 10612. 11224. 18770. 20403. Engelh. 1641.

Mit gutem Grunde lässt K. die sich in der lat. Quelle noch findenden Worte des Knechtes aus: et injurias multas atque molestias a servis tuis illatas libenter suscipiebat atque sustinebat.

942. Troj. 36524 *vür wâr ich iu daz sagen wil*. Iwein 7455 *und sî iu daz vür wâr geseit*.

943. Iwein 1834 *dô er in dô tôten vant*. Iwein 1314 *wand sî muose tôten sehn — ein den liebesten man*. Iwein 1834 *dô er in dô tôten vant*.

948. 948—949 Oberl. Gl. 312.

949. Beispiele für diese und ähnliche Apostrophen finden sich bei Wolff zu H. B. 84.

950. *durchliuhtic* z. B. Pant. 714. 1484. Gold. Sch. 8. 1034. 1159. 1461. 1770. 1811. 1895. Part. 781. 845. 874. 2211 und öfter. Partonop. 20704 *durchliuhtec als ein spiegelglas — an êren schein sîn werdiu jugent*.

951. Das eingeschobene *dâ* stammt von Haupt.

952. Wolff zu H. B. 476 führt derartige Zeitbestimmungen mit *stunde* an.

959. Pant. 1701 *und er in hete in sîner pfliht*. Partouop. 17948 *gar michel was sîn êre — die er hæte in sîner pfliht*.

964. Derselbe Vers Part. 8836. Turneis 880. Troj. 25550.

967. Trist. 9389 *got, der wil unser ruochen: — ich wæne, den wir suochen, — daz wir den haben funden*.

969. Z. A. 4, 400? *ich wæne et den hân funden*. Erec 8526 *unz daz ich in nû funden hân*.

972. 972—975 Oberl. Gl. 109.

973. Ueber K.'s Vorliebe, zwei parallele und synonyme Ausdrücke mit derselben Partikel anlauten zu lassen cfr. Haupt zu Engelh. 4470.

984. Das von Haupt in den Text Gesetzte ist unmöglich wegen der jüngeren Form *geschrift* und der Steigerung des zweiten Gliedes durch blosse Hinzufügung des Artikels, was wider den Stil K.'s ist. Die ungewöhnliche Betonung *dén brief* (cfr. Hahn, Otto An. 13) zu vermeiden, fand ich kein Mittel. Die Auslassung des Artikels in den Hdsch. ist vielleicht durch das Zusammenstossen von *-ten* und *den* zu erklären.

989. Ueber die Wortstellung cfr. Anm. zu 4.   Part. 10782 *si sprach: der alle sache muoz — berihten schône und alliu dinc.*

996. Oberl. Gl. 1315.

998. Engelh. 1379 *Dô er nû allez daz gelas — daz an dem brieve geschriben was.*

1012. S. schiebt ein:
> Ouch hatt der dotte bilgerin
> An der hend ein vingerlin
> Dz wolt er niemā lassen do
> Des wart der babst uil und fro (lies unfro)
> Vnd hies den schriber lesen sa
> Den brieff vor inen allen da.

1013. Den Namen zur Herstellung des Verses mit Haupt in *Âêtîô* zu ändern, halte ich für bedenklich, da er in der lat. Quelle und allen drei Hdsch. gleich überliefert ist. Das von mir eingesetzte *der* ist K. eine durchaus geläufige Redeweise. (Haupt zu Engelh. 366.) In A ist die Wiederaufnahme des Substantivs durch den Artikel auch 954 unterblieben.

1015. Part. 18854 *ein michel swîgen dâ geschach.*

1017. *ûf ein ort* sehr häufig z. B. Part. 1593. 1727. 1947. 2443. 4410. 4780. (an) 7891. Troj. 4561. (an) 10535.

1023. Troj. 4267 *der angestbære smerze.*

1024. Beispiele für *geswinden* bei Wolff zu H. B. 451. Engelh. 1980 *daz im von minne niht geswant.* Part. 9242 *von herzen sorgen im geswant.* Part. 10852 *daz im von jâmer dô geswant* und viele ähnliche aus dem Part., wenige aus anderen Werken K.'s.

1025. Oberl. Gl. 1846.

1026—1027. Ob. Gl. 1654. Die Abweichung von A wird der Sinn und folgende Beispiele rechtfertigen: Part. 18425 *vil manic heizer trahen wiel.* Part. 9176 *vil manec heizer trahen.* Part. 9364 *der heize trahen.* Part. 11529 *manegen trahen heiz.* Part. 17518 *er lie manegen trahen heiz.*

1029. Part. 10451 *und roufte bî dem hâre gel -- vil sêre sich und brach daz vel. -- ab sînen wangen rœselvar.*

1031. Wolff zu H. B. 341 führt alle Subst. auf, zu denen *ungevüege* bei K. tritt.

1033. Part. 15912 *vil sêre und ouch vil harte.*

1035. *sich]* *im* nach Z. f. d. A. 4, 400.

1036. *von gebürte hôch* und ähnliches belegt bei Wolff zu H. B. 34.

1038. A des Hiatus wegen nicht möglich. Part. 12053 *ich muoz von schulden iemer — in houbetsorgen sîn begraben.* Partonop. 20218 *ich muoz in houbetsorgen tief — hiute und iemer sîn begraben.*

1042. Wolff zu H. B. 112 giebt Belegstellen für *hiute und iemer.* Part. 9256 *owê mir hiute und iemer ach* ebenso Troj. 12114. 38442. Troj. 22586 *owê mir hiute und iemer ach, — daz ich zer welt ie wart geborn!*

1043. Troj. 33962 *daz ich zer welte ie wart geborn.* Trist. 1282 *ach, sprach si, hiute und iemer ach, — owê daz ich ie wart geborn.* Trist. 11700 *owê mir armen! sprach si — owê daz ich zer werlde ie wart geborn!* Iwein 1469 *ouwê daz ich ie wart geborn!* Iwein 3963 *der ie zer werlde wart geborn.* Iwein 4215 *daz ich ie wart geborn.*

1043. Z. f. d. A. 4, 400 *ie wart.*

1044. Im Engelh. ist *herre* zur Anrede des Geliebten verwandt cfr. Joseph zu 2370.

1047. Part. 9392 *sîn bitterlichez trûren.*

1057. Herzm. 188 *dîn vart diu kan mir senken — jâmer in mîns herzen grunt.*

1065. Pantal. 1033 *in sînem bette swach.*

1070—1071 Oberl. Gl. 340.

1074. Part. 1592 *mîne wunden . . . . . — die mir iuwer reiniu wort — gehouwen habent in daz leben.*

1075. Aehnlich, wie 337 beginnt auch mit diesen Worten häufig ein neuer Abschnitt z. B. Part. 6351. 7135. 14729. 15675. Troj. 33995.

1083. Herzm. 356 *des wart der kneht gereizet — ûf clegelichez ungemach.*

1084—1087 Oberl. diatr. 11 und Gl. 1304.

1085. Bartsch, Part. 18060: Statt *lewe* ist bei K. überall *löuwe* zu schreiben, da er auch nur *vröuwen, dröuwen, ströuwen* sagt. Troj. 26992 *er ist ein man von blüender jugent, — der sich niht übersprichet — und doch den schaden richet — mit flîzeclicher andâht.*

1086. Dazu bemerkt Pfeiffer, Germania XII S. 47 *riet* bedeutet im Mhd. nur Ried, Schilf, was hier nicht gemeint sein kann. J und S lesen übereinstimmend *netz* und dies ist (da mit Oberlin Diatr. S. 11 an *riet* = lat. rete niemand denken wird) ohne allen Zweifel das Richtige; wahrscheinlich stand so auch in der Strassburger Hs. und *rietzebrichet* ist blosser Lesefehler (ri = u) für *netze brichet.*

Obwohl die Uebereinstimmung von O und A lehrt, dass in der

Strassbg. Hs. *riet* gestanden hat, wird man der obigen Vermutung Pfeiffers beistimmen müssen. *riet* in der Bedeutung „Schilfrohr" bei Konr. Lied 32, 336.

1089—1090 Oberl. Gl. 314.

1090. Beispiele für *engenzen* Haupt zu Engelh. 2601. Engelh. 2601 *mêr danne halp zerschrenzet — und alsô vaste engenzet.* Pantal. 347 *zerteilet und zerschrenzet — und alsô vaste entgenzet.* Pant. 1546 *dâ von sîn verch hin unde her — beginnet sich engenzen — jâ muoz sich dô verschrenzen — sîn fleisch und sîn gebeine.* Part. 18270. 18352. Troj. 3995. 31761.

1091. Die Beispiele für *ze stiure* führt Wolff im Anz. f. d. A. XIII 295 an.

1092. Wolff zu H. B. 48 führt zahlreiche Belege für *gehiure* in all seinen Anwendungen und Bedeutungen an.

1093. Nach Wolff 462 findet sich bes. häufig *leite sînen vlîz* im Partonop. Part. 14579 *ûf jâmer leite sînen vlîz.* Part. 17867 *dar ûf er leite sînen vlîz.*

1094. 1094—1095 Oberl. Gl. 313.

Haupt zu Engelh. 4341.

1095. Nach Pfeiffers Vorgange habe ich *sîdînvalwez hâr* in den Text gesetzt. An den alemannischen Wechsel von l und r wird man hier nicht denken können.

1098. Der Gedanke, dass durch lauten Schmerzensruf das Herz zerbricht, findet sich oft: Gold. Schm. (vom Christus am Kreuz) *unde schrei — daz im sîn herze wart enzwei — gespalten von des tôdes maht.* Part. 17509 *er lie sô jâmerlich geschrei, — sam der grimme tôt enzwei — sîn herze wolte brechen.* Partonop. 20943 *Diz was ir klage und ir geschrei. — von leide möhte in gar enzwei — gespalten sîn daz herze.*

1100. Gregor. 568 *den jungen zuo den alten — sult ir ze hove ge-bieten.* Troj. 29679 *die jungen zuo den alten.*

1102. Pant. 302 *die blanken hende linde.* Part. 9425 *und want dâ sîne hende.* Part. 9517 *dar inne ich sunder ende — muoz winden mîne hende.* Part. 15550 *si vielt mit jâmer unde want — ir hende lûter unde weich.* Herzm. 518 *ir blanken hende beide.* Schwanr. 1196 *und si begunde winden — ir blanken hende beide.*

1108. Wenn Haupt hier *leides vol* schreibt und dies als i (= Mass-mann) angiebt, so ist dies ein Irrtum, da Massmann *jâmers vol* hat. Auch S und A haben *jâmers,* trotzdem es in der nächsten Zeile wiederkehrt. cfr. zu solchen Wiederholungen Joseph zu Engelh. 3650.

1110. Part. 8764 . . . *dô stuont über al — daz gesinde ûf höher baz.* Iwein 5303 *sus muose der lewe höher stân.*

1117. Lat. Quelle: qui suxit ubera mea.

1122. Abgesehen davon, dass K. *vrouwe* stets als sw. f. gebraucht, ist hier *vrouwen* zur Vermeidung des Hiatus nötig.

1125. Part. 8508 *er wart vil sêre enwette — gestrâfet unde in widerstrît.* Trist. 16897. 18750 *enwette unde· enwiderstrît.* Wolff Anz. XIII S. 237 über *en widerstrît.*

1128—1129. Oberl. Gl. 46.

1131. Troj. 14984 *sun lieber unde wol getân.*

1133. *lân* mit blossem Accus.

1136. Troj. 8721 *Ich volge ir zweiger râte nâch — und ist mir doch darunder gâch — von ir beider lêre.*

1140. 1140—1141 Oberl. Gl. 665.

Part. 526 *ei waz tuon ich Partonopier — daz ich gewan mîn leben ie?* Troj. 34982 *ach mir ellendem wîbe, — daz ich gewan mîn leben ie!* Trist. 10197 *daz ich mîn leben ie gewan!*

1142. *alsô daz* mit Negation kann man bisweilen am bequemsten mit „ohne“ übersetzen. Eine eingehende Untersuchung würde wohl bestimmte Regeln über die Anwendbarkeit dieser Uebersetzung ergeben.

1165. Oberl. Gl. 698.

1166. cfr. zu 769. Z. f. d. A. 4, 400 zu 1160 *brâhte.*

1170. Part. 16047. Trist. 853 *dar unde dar und aber dar.* Part. 20566 *si sluogen dar und aber dar.* Engelh. 2800 *si sluogen si dar unde dar.* Troj. 9694 *doch sluoc er dar und aber dar.* Troj. 14668 *dô blicte er dar und aber dar.*

1174. Part. 7312 *den werden tugentrîchen — twanc si dâ ze herzen.*

1177. Part. 14914 *si wart als inneclichen frô, — daz ir varwe minneclich — des mâles dicke und ofte sich — verwandelt und verkêrte.* Troj. 4514 *verkêret und verwandelt — wart sîn bilde schiere.*

1180. Ueber *tugenderich* oder *tugentrîch* cfr. Bartsch zu Part. 141.

1183. Beispiele für *hin ze tal* Joseph zu Engelh. 3069.

1186. Z. f. d. A. 4, 400 zu 1180 *ach]* *ouch* oder *et.*

1192. Schw. 672. 1192 *und grimme klage erscheinde.* Schw. 734 u. g. k. *erscheinen.*

1201. Troj. 10818 *diz wunderlîche wunder.* Trist. 5287 *ze wunderlîchem wunder.* Trist. 15865. 16300 *daz wunderlîche wunder.*

1205. Oberl. Gl. 500.

1206. *über al* nicht etwa lokal, sondern „keinen ausgenommen, alle“.

1207. Troj. 22203 *smæhen haz.* Troj. 18381. Silv. 3062 *smæhen pîn.* Engelh. 5666 *smæhen kumber.*

1214—1217. Oberl. Gl. 858.

1217. Haupt zu Eng. 182.

1224. Arm. Heinr. 621 *die wîle daz er leben sol.*

1226. *daz jâmer* Haupt zu Eng. 5774.

1230. Part. 1346 *und er von sorgen iemer — solte sîn vil unerlôst.*

Part. 2594 *ir herze was von tiefen — sorgen harte wol erlôst.* Troj.
23114 *dur daz von leide würde erlôst — ir herze und ir gemüete dô.*
1235. Greg. 2329 *Dô sîn klage ein ende nam.*
1236. Einige Beispiele für *kam geslichen* bei Wolff zu H. B. 227 ff.
1238. Part. 6282 *sô rehte marterlîche pîn — der hôchgelobte erscheinte.*
1248. 1248—1251 Oberl. Gl. 1842.
1252. Iwein 1654 *daz ich ze vriunde hân erkorn — mîne tôtvîen-
dinne.* Das *hân* in A zweifellos durch das danebenstehende veranlasst.
1255. Aehnliche Zusammensetzungen mit *orden* sehr häufig z. B.
Part. 1897 *in mîns gelouben orden.* Troj. 4996 *vröud unde liebes orden.*
Schw. 1176 *der wârheit orden.*
1265. Part. 2097 *beid offen unde tougen — (diu rede ist âne lougen)*
Gottfr. sagt stets *offenlîche und tougen* z. B. Trist. 8117. 11510. 16349.
16557. Auch Erec 9789. Troj. 27729 *beid offen unde tougen — der
spiegel sîner ougen.*
1266. Part. 7950 *ir liehten ougen spiegel.* Troj. 2190 *der herzen und
der ougen — spiegel sol ich heizen.* Troj. 4673 *der sîner ougen spiegel was.*
1270. S schliesst sich näher an die lat. Quelle an: Nunc ruptum
est speculum meum et periit spes mea. a modo coepit dolor, qui finem
non habet.
1274. In seiner Ausgabe der Klage der Kunst S. 61—69 behandelt
Joseph die Frage nach der Wiederholung der Präposition bei parallelen
Satzgliedern und kommt im Gegensatz zu der Bemerkung von Bartsch, Part.
1679 zu dem Resultat, dass es gegen die Gewohnheit K.'s ist, die Präpo-
sition in mehrgliedrigen Verbindungen von Substantiven gemeinschaftlich
zu setzen. Wie ich es schon in der Anm. zu 858 gethan habe, ist es hier
auch nötig, die Fälle auszuscheiden, wo es sich um Wiederholung der
Präposition in verschiedenen Versen handelt, da hier der Parallelismus
nicht so deutlich erkennbar ist. Obige Behauptung Joseph's, der auch
Wolff im Anzeig. d. Z. f. d. A. XIII 233 beistimmt, wäre dann durch
folgenden Satz zu modifizieren: „K. wiederholt niemals die Präposition
durch in demselben Vers, wenn die beiden parallelen Subst. mit dem Artikel
versehen sind." Ausser diesem Vers (er ist Germ. XII S. 47 ver-
öffentlicht, was Joseph, wie auch aus S. 53 [cfr. Anm. zu 511] hervor-
geht, noch nicht berücksichtigt) und 1334 cfr. Silv. 118 *durch die sælde
und den gewin.* Silv. 4451 *durch die vuoge nnd den gelimph.* Part. 1570
durch disiu dinc und die getât. Part. 4288 *durch die gâbe und den ge-
win.* Part. 8893 *durch diu wîp und ir gebot.* Part. 16270 *durch den willen
und den sin* (hdsch. *durch den willen und sin*). Part. 16558 *durch die
wisen und daz gras.* Part. 19854 *durch den sin und den gedanc.* Troj.
10011 *durch die bluomen und den clê.* Troj. 38680 *dur dise nôt und die
geschiht.* Part. 16486 *durch diz mære und disiu wort.* In keinem Werke
K.'s habe ich ein Beispiel finden können für eine Wiederholung der

Präposition *durch* in diesem Falle. Es dürfte demnach jeder Aenderungsversuch obiger Beispiele zurückzuweisen sein, wenn er die Einführung eines zweiten *durch* beabsichtigt. Steht dagegen der Artikel nicht, so ist die Wiederholung der Präposition *durch* notwendig. Das beweisen uns gerade die Ausnahmen, da hier die Ergänzung des zweiten *durch* leicht möglich ist durch Verkürzung der vollen Form von *unde* (mit einer einzigen Ausnahme). Bei obigen Beispielen hätte man dagegen zu sehr gewagten und gekünstelten Mitteln greifen müssen. Part. 346 *durch brâmen unde wildez krût.* Part. 4382 *durch vehten unde grimmen strît.* Part. 5279 *durch gewæfen unde schilt.* Part. 12401 *durch dienest unde werdekeit.* Part. 18237 *durch warten unde schouwen.* Part. 20476 *durch vehten unde strîtes nôt.* Troj. 39436 *dur halsberc unde platen.* Was die anderen Präpositionen betrifft (ausser *zwischen*, das nie wiederholt wird) so bin ich zu keinem bestimmten Resultat gekommen. In den weitaus meisten Fällen, ungefähr 860, findet sich regelmässig Wiederholung der Präposition ohne Zusatz eines Artikels oder eines Pronomens. Ungefähr 50 Beispiele bieten Wiederholung der Präposition und Setzung eines Artikels u. s. w. im 2. Gliede. Wiederholung der Präposition und des Artikels oder Pronomens findet sich: Eng. 1166. 3955. Troj. 6150. 7715. 12289. 14499. 17830. 18710. 20327. 25817. 30744. 33874. 34421. Schwanr. 5. 295. Silv. 927. 3302. Part. 794. 2851. 3091. 7357. 12477. 16904. 17124. 19352. 20777. Nic. 257. Die Frage, ob uns diese Beispiele zur Aenderung der unten angeführten berechtigen, ohne dass andere Gründe uns dazu veranlassen, oder ob wir schwankenden Gebrauch K.'s annehmen müssen, wage ich nicht zu entscheiden. Troj. 2647 *vür alle witze und allez guot.* Troj. 11745 *bî den schiffen und dem mer* (das Joseph mit Zustimmung von Wolff Anz. f. d. A. XIII 241 ändert in *an dem mer*). Troj. 12719 *von mir und aller mîner schar.* Troj. 20775 *für allez guot und allen hort.* Troj. 24515 *vür sich und alle sîne schar.* Troj. 24605 *ûf den willen und den muot.* Gold. Sch. 193 *vür den balsem und den bisem.* Part. 111 *ûf edele dœne und edeliu wort.* Part. 393 *von im und dem gesinde* (Joseph will ein zweites *von* einschieben). Part. 3265 *ûf die vînde und ir gesez.* Part. 4448 *ûf den wân und den geheiz.* Part. 8958 *ûf den trôst und den gewin.* Engelh. 5660 Hdsch. *vor dem lîbe und dem guote.* Engelh. 1166. Hdsch. *in ir siten und ir art* (von Joseph ein *an* eingeschoben).

1276. Troj. 38124 *sînes herzen trût.*

1280. Engelh. 1648 *swen an zwein lieben dingen — daz ungelücke widervert — daz er des einen wirt verhert.* Troj. 34979 *nû bin ich armiu dîn verhert.*

1285. Die Umänderung von *leides* in *liebes* wird der Sinn rechtfertigen. Veranlasst mag der Irrtum sein durch das wiederholentliche Vorkommen von *leides* in den vorhergehenden Versen (1249, 1255, 1279).

1286. Der nach Grimm Gr. IV S. 202 unmöglichen Ellipse des verbum auxiliare vorzubeugen, sehe ich kein Mittel.

1288. Part. 7976 *den ich ûz aller diete — mir ze friunde hete erkorn?*

1290. Gold. Sch. 990 *diu werlt gemeine.* Trist. 7819 *aller der werlt gemeiner.* Trist. 11836 *al diu werlt gemeine.*

S schiebt nach 1290 ein:

Nū schöwē ander fröwen
Do si wolte schöwē
Den dottē herrē sin zehand
Jr gemachel vingerlin sÿ vant
Jn der reinen hende sin
Owe sprach si diss vingerlin
Dz gab ich nū in der selben zitt
Do er uil gar ane allen nid
Mir dz aller beste riett
Vnd er sich von mir schied
Mit disem wortē vū alsus
Dett uff die hand allexius
Vnd lies das vingerlin ira do
Dz hûb si uff enbor uil ho
Ach herre min uil liebes drutt
Wie hastu mich din arme brut
Ze dem andren mal uff geben
Nun sol ich niemer me geleben
Mit fröden alle mine tage
Wann in iamer vū in clage.

1293. Part. 6354 *durch sînen werden süezen neven — wurden liehtin ougen rôt.*

1297. Gold. Schm. 1388 *beide junc und alt.* Aehnliches sehr häufig.

1298. Pant. 1578 *mit rîcher koste lône.*

1299. Erec 6312 *diu wart vil schiere bereit — dar ûf wart dô geleit — Erec.*

1301. Lat. Quelle: in mediam civitatem.

1309. Dieser Satz *ân allen spot* hielt sich noch sehr lange, z. B. in Volksliedern (Uhland I 56).

1322. Pantal. 309 *blinden unde lamen.*

1325. Greg. 3779 *swen dâ beruorte, — dâ man in hin fuorte.* Der Einzug des Gregorius in Rom bietet viel Aehnlichkeit mit dieser Stelle. Dieser Vers wäre den von Wolff zu H. B. 52 angeführten Belegen für *beruoren* hinzuzufügen.

1328. Herzm. 332 *fröide und ein wunneclichez leben.* Iwein 7781 *dô hern Îweine wart gegebn — kraft unde gesundez lebn.*

S schiebt ein:

Des wurdent si von herczen fro
Die gloggen alle sament do
Mit gar uil grossem schalle
Sich selber lutent alle
Wie es ioch was der stille fritag
Fur was ich das sagen mag
Vil manig zeichen da geschach
Als mir die hÿstorie verach.

1331. Dieser Vers beweist wiederum die Synkope des e in *gnuoc*.

1334. Pant. 186 *des wart ir heil und ir gewin*. Greg. 1140 *durch mînes heiles gewin*.

1339. Ueber diesen Reim von *ë* und *e* cfr. Haupt zu Engelh. 1611 und Weinhold, Al. Gr. § 15 u. Anz. XIX S. 155.

1342. Part. 422 *waz touc nu mêr ze sagenne?*

1346. Troj. 1716 *dô wart in allen harte nôt, — daz si gedrungen für den gast.*

1348. Part. 15412 *er und die sîne in widerstrît — drungen durch der heiden schar.*

1351. A löst somit die Frage, ob mit Haupt *sicher* oder mit Lachmann Z. f. d. A. 4, 400 *sider* zu schreiben ist.

1353. Greg. 3767 *einen gotlîchen ruom.*

1354. *tuom* bischöfliche Kirche.

1355. *lop* und *prîs* eine sehr häufige Zusammenstellung z. B. Pantal. 363. 1097. 1909. Gold. Sch. 647. 867. Troj. 9302. Auch Gottfr. Trist. 11205 *lop unde prîs*. Trist. 16211 *prîs unde lop und êre*. Iwein 3751 *den lop unde den prîs*. Arm. Heinr. 72 *alsus kund er gewinnen — der werlte lop unde prîs*.

1357. So mit Pfeiffer wohl besser als — *mit sange beide und mit gebete*, da K. die Allitteration liebt. Haupt zu Eng. 3465.

1364. *ganz* stehendes Beiwort zu *werdekeit* z. B. Part. 14369. 14483. 17081. 18729. 20286. Turnei 226. Troj. 4809. 8325. 8649. 10285. 10831. 10878. 28798. 31410. 32088. 36001.

1367. *des herbstes mânen* in 2 Worten statt des zusammengesetzten *des herbest mânetes.*

1370. Gold. Sch. 1344 *und edellichen smac enpfie — von dîner tugende würzen.*

1380. Die abweichende Lesart von J und S vielleicht daraus zu erklären, dass die Schreiber von J und S die adverbielle Formel *von schulden* nicht verstanden und das *von* als abhängig von *frî* auffassten.

1385. *triuwe* bei K. stark. Daher hier Plural.

1388—1412. Oberl. diatr. 11.

1389. Part. 2946 *mir ist von iu sô rehte wol — geschehen.*

1393. Troj. 28129 *gern unde willeclichen dan.* Troj. 25017 *gern unde willeclîche.* Eng. 5759 *gern und willeclichen.* Schw. 863 *gern und willeclichen dâ.*

1398. Beisp. für *flîzec sîn* bei Wolff 207.

1399. Partonop. 1884 *daz mîn wille mohte niht — werden ûf ein ende brâht.* Part. 6006 *dô wart von im sîn valscher list — vil gâhes ûf ein ende brâht.* Part. 18715 *mit worten ûf ein ende brâht.* Z. f. d. A. 4, 400 *zeim ende.*

1402. Arm. Heinr. 1304 *und müeste ich iemer sœlic wesen.*

1403. Derselbe Vers Part. 2039. Die Zusammenstellung von *lîb* und *sêle* sehr häufig, z. B. Gold. Sch. 969. Part. 1221. 1302. Auch Trist. 14908. 19547. Arm. Heinr. 682. 735. 671. G. Sch. 1339 *an der sêle dort.*

1405. Troj. 10296 *dekeiner wunne rât.*

———